做一只充满细节的蜗牛

舒羽 著

浙江文艺出版社

目　录

写作就是说话

(代序)

写作就是说话。

小雀儿会说话，小猫儿会说话，人更会说话，而写作就是把你听到的、看到的、想到的东西用文字"说"出来，不必担心那些声音画面经过了你的笔端会失去真实的意图。人类固然渺小，但作为大自然的一员，你的语言一经说出，就构成了这世界的一部分。我们有时甚至可以不说人话，而说鸟语。万木争荣，百鸟争鸣，倾听自然，没有哪一种存在能被忽视。

写作就是说话，不仅让自己说话，还要听别人说话。

世界之所以生动，生活之所以丰富，人们之所以参差多态而又唇齿相依，都有赖于相互的倾听。假设我们只是一味陈述自己，而不是在段落的背后、句子的缝隙、词语的转承间预留出足够的空间，让其他的声音、意见加入进来，那么即便我们写作、我们说话，也无法抵御个体的孤独、个人的偏见。我们不能做精神上的聋哑人。晚年的贝多芬所作的最大努力，就是不让这样的事情发生。因此，写作就是说话，就是推心置腹的交谈，就像作曲家调配各种乐器，让它们各自发出独特的声音一样，疑虑的、谐谑的、愤怒的、快乐的、悲伤的，由它们交织，喧响。正如舞蹈家用肢体勾勒情绪，画家用色彩构筑思想，建筑师用砖瓦建造家园，写作就是用文字模拟世界，再现和创造当下的生活。这道理听上去很简单，事实上，写作需要的也就是这份简单。

写作就是说话，说有趣的话，说古今中外的话。

古语从新，时语从旧。行文中偶尔借用古字，往往能赋予文章一种奇特的意趣。这一点，想必服装设计师更有心得：时而宽袍大袖，高古峭拔；时而窄腰短靴，新新人类。所以，一个写作者应该丰富自己的语言风格，可以庄严典重，也可以俚俗俏皮，或繁或简，能浅能深，唯在得当，只要读者不讨厌我们。文字的品格一如我们在日常生活中的表现，过于刻意和矫情的人总是不受欢迎的。小说家亨利·菲尔丁认为，一位作家不应把自己看作一个经常设宴款待或布舍赈济的施主，而应看成开饭馆子的店家，凡是来此出钱吃饭的，就一律欢迎。一个老到的作者，同样也敢于暴露自己的内在真实，不怕露拙显嫩，但求文从字顺，水流花开。起笔、转折、顿捺、提按，文章犹如书法，一旦形成了自己的风格，就难以被复制。

写作就是说话，但有时候，人也会为自己说过的话而后悔。俄罗斯女诗人安娜·阿赫玛托娃二十三岁出版了第一本诗集《黄昏》。可是有一天，在公交车上，她向一位陌生的少女投去了羡慕的眼光："多么幸福啊，她没有出版过诗集！"一个作者悔其少作很正常，但安娜的后悔来得也太快了。如果说我也后悔自己写过的一些文字，说过的一些话，倒不是想攀附这位大诗人，只是我生活中一旦被人高声提点——"哦，我读过你的诗集！"——我就会黯然想到安娜的这种哀怨。是什么让一个人如此信赖文字，托孤一般将自身的情感倾注其中，然后呢，只好由着它们在背后一遍遍地出卖自己？

我的第一本诗集 2010 年由作家出版社出版，就叫《舒羽诗集》，如今看来光书名就欠妥，怎么都像是最后一部诗集啊。所以我有时会感慨，出版是一门遗憾的艺术。一个过于真诚的人，往往错在不够谨慎。三年后同是作家出版社出了我的随笔集《流水》。这两本书分别在 2011 年和 2014 年由台北的"三艺文化"和"印刻文学"出了繁体版。我在《流水》的后记中写道："然而流水有形式吗？我不知道。流水正因为不在意自身的形式，所以它的流动永无止境。只是水流走了自己，而我留下了文字。"但也坦言，自己是以流水的形式写一部主题宽泛的流水账。这一次，有幸在浙江文艺出版社出一本书，我采取了诗文合集的形式，将分行与不分行的文字组织成三辑，前文后诗，左顾右盼，或许还能够彼此帮衬贴补一番呢。

读者一眼就能看出，三辑内容，每一辑基本上都有主题上的一致性。第一辑里，文是写人、记事、咏物，后面的诗就跟着给奶奶的《黑白相片》，给女儿的《为爱命名》，以及《灰雀》和《猫》。第二辑是游记，后面的几首诗则完全是旅行记忆的补充，也提醒自己作为一个诗人的本分。第三辑是音乐会散记和小说与诗的评论，光从题目就能看出它们沾亲带故的关系，比如随笔《马友友的天方夜弹》与诗歌《一千零一夜》。我不敢像为我的《流水》作序的余光中先生那样，右手写诗，左手写散文写成左手的缪斯。我只希望，这些诗和这些文，彼此之间能够形成呼应。而呼应不就是对话么？

　　写作就是对话。

2014 年 11 月 27 日于杭州

父亲四记

就像《天使爱美丽》里女主角发现的那只锡盒，里面藏着一个男孩了不得的宝贝一样，关于父亲，我也有一个记忆宝盒，里面收纳着我从略能记事起就拾掇起来的珍珠、贝壳。当时光的流水不断淌过去，我总是时不时打开来检一检，理一理。我的宝贝什物太多，一下子倒出来难免堆砌，也不便观瞻，那就容我零零碎碎一样一样地数给你，像儿时父亲给我和姐姐分发糖果。

打鱼记

小时候我一直认为父亲最大的爱好是钓鱼，虽然我的臆断已经一次又一次被颠覆，但我可以晒出来的关于我父亲的连环画式的第一页画面，就是钓鱼。

该怎么形容那表情，那悠闲中略带仇恨的愤懑？抿着嘴，上唇挤压下唇；眉头锁紧，搋成一个笔法不太流畅的"川"字形；眼神专注，但也谈不上特别专注，因为偶尔也会并无目的地环顾一下四周，左左，右右。可能是因为长时间低着头，颈部需要抬升几次以调整关节的灵活度，但我判断，主要原因是那种无所事事者所特有的莫名奇妙的小得意。当然，嘴里哼着歌。

我的性格具有双重性，一半阴郁一半光明，一半热闹一半安静，像黑与白相辅相成。这安静的一面也许跟儿时经常陪父亲钓鱼有关也未可知，因为，等一条鱼儿上钩实在是需要忍受一个地下工作者潜伏的孤寂，真真能把一个四五岁的小女孩等出轻度忧郁症来。为什么太阳都快下山了，鱼儿一条也不上钩来？这是一个盘踞了我心头好些年的问题，但始终也不敢问。其实也不必问，因为在忍无可忍的时候，父亲总是会亮出绝招。

正所谓先君子后小人，当不成姜太公，就当鲁智深。每当太阳快要掉进对面的山谷时，父亲就"嗖"的一声站起来，收起渔具，说一句："去！"我就端起两张小板凳跟在后头，沿着芦苇小径，随父亲一同来到分水江的一小段支流畔（分水江也是富春江的支流）。我站在岸边，看父亲朝着一大片火红的水域布下天罗地网……

关于为人处世，父亲曾在我少女时代给过我一些忠告。他说：遇到想约你的人，要懂得把握分寸。假如你不想去，前两次大可不必去，但假如约到第三次，即便是你不想见的人，你也要给出一点面子，一来给人留了余地，二来给自己一个机会以当面谢绝。经过如此授意后，我笑嘻嘻地看父亲一眼：当断则断，不断则乱！

苏东坡说写文章要"行于所当行，止于不可不止"，钓鱼也一样。只见父亲扛起一大捆渔网，涉水而行，半截身体慢慢地漂过岸去。白色衬衣如同荇菜一般浮游在水中，而水流湍急，一股一股在父亲的腰部形成瞬间解散的小水涡。此时父亲距离我足足有十多米远，但我丝毫不感到惧怕，反倒像个小巫婆似的盯着眼前的一切，以一种略带哀悼的心情，期待着一场收获的狂欢！这是一种用尼龙丝编织而成的渔网，鱼线透明而柔软，宛似褶皱起伏的纱窗，抓成一把又像晶亮的围巾，展开则无限绵长，那网格的细密是专门用于对付灵活的小鱼儿的。从那头返回这头，父亲在两岸各打下坚实的地桩，用渔网将小河拦腰截断后，叉腰望天，夕阳下伫立，脸上一副有杀错冇放过的斩决。整个过程除了风声、水声与风水交织的声音，并无其他语言发生。

"是时候了，夏日曾经很盛大。把你的阴影落在日规上，让秋风刮过田野。"（里尔克诗《秋日》）。是时候了，斜阳已经很浓郁，父亲脱下长裤，用柳条儿扎紧两个裤管，将我举过头顶，骑在他的肩上，然后自己开始一尺一尺地回收置于两岸的渔网，一枚一枚像采摘果实一样，直到鱼儿鼓鼓地挤满父亲的长裤，时不时动弹几回，煞是有趣，酷似某种后现代的行为艺术。多年后，每次看见阳光打在水面上，我就想起那场景：从水中跃出的小鱼，纷繁的弧线，构成不可捉摸的几何图形，江渚上传来父亲发出的几声不可抑制的"吼吼"声，伴着这银色的旋律。

小时候，吃肉是讲计划的，吃鱼对我来说却是家常便菜，顿顿都有。大鱼小鱼，水桶脚盆，米缸水缸，一篓篓，一筐筐，一年四季不间断，说句实话，看着眼烦，心也烦。实在吃烦了，就晒成鱼儿干，泼出去，阳台上一片细碎的银光。为了钓鱼，父亲也着实付出了不少代价，母亲也跟着吃了不少苦头。比如遇上涨潮，皮筏艇飘走了，母亲雨夜富春江上寻夫，最后出高价买舟救人。又比如午夜，等不回渔夫，后接到医院电话，说有一周姓中年男子正躺在手术台上切阑尾，速来医院交钱，顺便将门外的一筐鱼拿拿回去。

《易经》、《诗经》、《尔雅》等文献中早已出现过关于捕鱼工具的记载。晚唐陆龟蒙在《渔具诗并序》中十分系统地描述过渔具和渔法，有网具、钓具、投掷渔具、定置渔具，有药鱼、灯火诱鱼、音响驱鱼，等等。据此我推断，父亲最后那一招属于围渔一类。与陆龟蒙并称"皮陆"的皮日休有一组《奉和鲁望渔具十五咏》，其中"游鳞到溪口，入此无逃所"，写的就是围渔的光景，而"编此欲何之，终焉富春渚"，对于在富春江边长大的我而言，读起来更觉亲切：

> 波际插翠筊，离离似清篲。游鳞到溪口，入此无逃所。
> 斜临杨柳津，静下鸬鹚侣。编此欲何之，终焉富春渚。

2011 年 7 月 27 日

猎鸟记

午间，我端起饭碗，准备扒拉几口就出门。父亲嘴里咬着块油豆腐，慢悠悠地咕哝了一句："原来写书的人也会出来吃饭的？"这种不咸不淡的挑衅，在我父亲那是随时随地都会冒出来的，我原也懒得理会，但见他损自己的女儿损得这么有趣，就想起逗逗他拍鸟的事。

"嗯，偶尔也吃点，喂喂脑袋。"我也夹一块油豆腐，咬一口，放下，问："老爸，你拍的那一堆照片中有略微像样一点儿的吗？"

"这是什么话？"父亲十分警觉地斜睨着我。我赶紧补充说明："哦，我是想改天写一篇你拍鸟的文章，然后配上你拍的照片，给宣传宣传。"

"嘿嘿，多了去了。"父亲一副满不在乎的样子，把剩下的半块油豆腐放进嘴里，咀嚼几口，突然停顿，转向我，挥舞着筷子，斩截地说："大片！"

记得有些电视小品，说的是子女因忙于工作，无暇顾及家中的父母而生出许多心酸事儿。我家二老恰恰相反，谁要操心他们的作息时间，敢于提点意见，谁就自讨没趣。尤其像我父亲这种爱一行干一行又干一行像一行的，任何行当，只要一上手，可不跟那炭锅子似的，轻轻一撩拨就热得你烫手。自退休以来，玩音响、养金鱼、炒股、学车、摄像、上网、打电子游戏等等，斗鸡走狗，赏花阅柳，爱好之多用阿扁的说法就叫作罄竹难书。对新事物好奇心重，这没什么不好，但他的兴趣转移得也实在是快，就像黑瞎子掰棒子，又像日本人换首相，全然忘却了我小时候他教导我的持之以恒的大道理。

一个个旧爱撂开了手去，这几年他又迷上了新欢：摄影。起初还安静，拍人像，总央求我做他的模特，调焦，调光，不亦乐乎地调到我常常哈欠都出来了。后来技艺精进，搞动态摄影，为了拍一帧"大片"，他起早摸黑，爬高弄低。现如今，也不知攀了什么门路，竟挤入了杭州市摄影家协会，端端的以"摄影家"自居起来，尤以"专门从事难度较大的鸟类拍摄实践"自诩。

对于父亲的摄影爱好，痴迷于越剧演唱事业的母亲持一种充分理解的态度，可谓惺惺相惜。她笑盈盈地在我对面坐下来，眉毛一翘，爆料："为了拍鸟，你爸爸前几天还专门去剪了一块两米多长的布哩！""哦？买布？""是啊，迷彩布。""这拍鸟要迷彩布做什么？"

一门不到一门黑啊！父亲谈起了心得。为了掌握鸟儿的习性，摄影师必须多次踩点，长期观察，必要的时候还得喂，也就是持续好多天，将谷粒撒在某一棵鸟儿经常啄食的树下。鸟飞来的时间多为清晨四五点。为避免惊动鸟儿，摄影师通常会在距离那棵树七八米远的地方，挖出地洞，把身体整个儿猫进去，只露出迷彩帽下的一对眼睛和一只镜头，像地上的一片落叶一样安静。只有这样，鸟儿才会浑然不觉，旁若无人，各种生动的意态才会被摄影师的镜头捕捉到。

"哎老爸，躲着就躲着嘛，要布做什么？"父亲用极为诧异的眼光看着我："一等就是五六个钟头，这三伏天的，三十七八度的高温，焗'叫化鸡'啊？"哦，原来是夏天气温太高，地洞里的日子过不下去了，才想用迷彩布支起一个围栏，在中间挖个孔，伸出个镜头，变通个法子而已。

"野雁见人时，未起意先改。君从何处看，得此无人态？无乃槁木形，人禽两自在。"苏轼有一首诗《高邮陈直躬处士画雁》，早已经说到专门从事鸟类写真实践的极大难度。眼见我父亲煞费苦心把自己弄得形如槁木心如死灰，仅仅只为了捕捉翠鸟的一个瞬间影像，我不禁想到当年他同鸟儿之间的种种过节。当然啰，我也是见证人。

我六七岁的时候，父亲就经常带我去打鸟。他背气枪，我提干粮。父亲说，打鸟必须要有耐心。为了培养我的耐心，临行前父亲总要给我再讲一遍邱少云的故事。所以我很早就明白，不管风雨飘摇，还是蚊虫叮咬，当一只鸟来到了你的视线中，伏在草丛中的猎人都不能轻举妄动。"据说，最好的猎手最是无心，／哪怕一丝大气或光的颤抖／都动摇不了他——他凝视而一无所视……。"

慢慢地，我甚至还学会了体会鸟儿的心情：如何远远地飞过来，如何忐忐忑忑地在相邻的几根树枝间跳跃，如何从枝干儿晃动的幅度判断自身的安全性。如果摇晃过于剧烈，那是因为自身的重量呢，还是缘于风的吹拂？终于择定一枝，安然落定，鸟儿开始自在地啁啾，呼朋引伴……"是时候了，夏日曾经很盛大！"只要父亲扣动扳机，那么这只鸟就会像一枚成熟的果实一样，命中树林上空的一声枪响。

"鸟！鸟！"就在父亲扣动扳机前，我总是会忍不住跳起来，指着树枝，在蔓草间欢呼雀跃："爸爸，你看那只鸟！"

大势已去。鸟儿飞走了。

这时，仍然趴在地上的父亲会狠狠地侧过脸来，直愣愣地拿眼勒着我，仿佛父女间所有的情意都在这怒视中一笔勾销。与惊飞的鸟儿正好形成强烈反差的，是我的呆若木鸡。不过渐渐地，我也练就了另一项本领：每当父亲用暴突的眼珠子盯我，而不幸我的目光也正好与之相遇，我会让注视的瞳孔一圈、一圈地模糊起来，直到不觉得自己正在看着他。然后，在某一个不可多得的瞬间迅速将视线平移出去，以一种孩童特有的天真表情平息父亲燃烧的怒火。

但我始终不能明白的是，既然屡教不改的小女儿总是这样关键时候掉链子，为什么父亲打鸟总还要带上她，还唠唠叨叨地重复那重复了无数遍的邱少云的故事？也有很少那么几次，父亲独自去打鸟，这晚的餐桌上就会多出一盘细胳膊细腿的野味，味极鲜美。我也始终不能明白，我这样惊呼是沉不住气呢，还是想给可爱的小鸟报个信？但那不是存心跟父亲过不去吗？嘿，不管怎么说，一盘香喷喷的麻雀，总也比不上一只活的麻雀从冰凉的枪眼中逃离，扑腾着翅膀朝天空飞去那幅画面，能带给一个孩子心灵上的慰藉。

那是一个娱乐和餐桌一样贫乏的年代，就像母亲总是变着法儿把大女儿穿小了的衣服改成一件体量合适的新衣，温柔地披在小女儿的身上一样，父亲也总有办法让我们从更为慷慨的自然界获取更多的营养，比如鱼肉、鸟肉。那时的物质生活与现在相比有着天壤之别，但那一种寒俭中突然出现的，因为一点点反而显得更多的丰盛和温馨，又岂是现在的孩子所能体会的？

　　说起物质贫乏，有一件事令父亲痛心疾首，至今也不愿多提。时间退回到 1993 年左右，那会儿父母每个月的工资收入是几百块，可父亲不知用什么办法唬弄住了母亲，竟买了一把价值二千八百多块的双管猎枪回来。那一个婆娑怜爱哟，让我想起王夫人把宝玉搂在怀里，嘴里念着皮啊肉啊的甜腻情形。父亲小时候的伟大理想是去当兵，还背着我奶奶偷偷去报了名，结果因身高不够而无缘军旅生涯，听说他为此还很是消沉了一段日子。好不容易，现在有了一把猎枪过过瘾了，那个喜欢哟，我虽是宝贝女儿，枪可是宝贝儿子啊。

　　无奈好景不长。没几天，国家忽然颁布了禁枪令，所有的枪支都必须交到派出所去备案，而且代为保管，枪的主人一周可以去探望一次。那可是一弹未发的新家伙啊！我们一家人都十分纳闷，又不送饭又不送换洗衣服的，探望什么呢？我父亲本来真是恨不得一日看三回的，后来也渐渐去得不那么勤快了。再后来就没有什么音信，大约是那支枪要把牢底坐穿了吧。

　　"老爸，你有空拷几张得意之作给我，说不定能帮你去报社投稿。"父亲对红烧油豆腐的喜爱简直快要赶上他对红烧素鹅的钟情了，慢条斯理地一块接一块，一副无可无不可的样子。

　　就在我背上包闪出家门的时候，只见父亲一只手擎着一个 U 盘，探出门外。

2011 年 9 月 5 日

学车记

"超车这个东西啊，同学们，关键是什么，你们知道吗？"

我永远忘不了我的驾校教练是如何掷地有声地说出那句彻头彻尾的废话的。在杭州云栖竹径路边的一家小饭馆里，这位精瘦的教练用一根有点蜷曲的食指，把一张油腻腻的桌子敲得"梆梆"响。

围坐他身旁的四个"同学们"，有大学教师，有公司财务，有企业主，还有当时在电视台工作的我，屏息洗耳，恭听着下文。

"是什么？"最先沉不住气的是大学教师，求知欲太强。

"梆梆……"教练又在桌上敲了两下，活像大武生开唱前的高调鼓点，"同学们，超车这个东西，最关键的，就是要超过去！"

这天才的回答，让我电光火石地想起十多年前，初中时的数学老师，用粉笔敲着黑板：

"同学们，算术算术，最重要的是什么你们知道吗？——就是要算对！"

我的数学成绩一直不理想也就不足为奇了，但我的驾驶测试分数却高得有点浪费。多年前的那个周末，我带父母去梅家坞喝茶、吃土菜。饭间，我很得意地亮出崭新的驾照，炫耀自己如何临时抱佛脚地把理论测试考到满分，又如何才上了四次路就通过了路考，扯篷拉纤，不一而足，得意地忘了形。搭着父亲的肩膀，我说："老爸，要不你也去学开车？总比你一天到晚骑个摩托车抛头露面的强啊。"我料定，尽管他爱好广泛，这回他不会真的去学，毕竟已不年轻了。

果然，父亲悻悻地说："开什么玩笑？我都六十岁的老头儿了，还学什么车？年轻二十岁还差不多。"

唉，人无近虑，必有远忧。扯到这儿如果及时打住，也就没什么了，谁知我熟极而流，习惯性地反驳父亲："六十岁学开车有什么关系嘛？还能开上十年。现在不开，那你这一辈子可就与车无缘喽。"

有些人实在惹不起。不出几天，我带了一箱老爸喜欢的新鲜芒果，回桐庐老家过周末，进门却没见着他，就打探去向。姐夫说："还不是你挑唆的？咱家老头儿最近每天蹦进蹦出的，在学驾驶，说是你逼他去学的。'""啊！这？唉……"真是欲辨已忘言，只能无语。

天黑了，还不见父亲回家，母亲神色有些凝重。都这把年纪了，她怕父亲的反应跟不上年轻人。

"没有阿根办不到的事！"八十多岁的奶奶平日里耳背得很，但只要听人提到自己的儿子（阿根是父亲的小名）就满眼放光，精神一时间抖擞起来。

"他小的时候，有一次，我等到后半夜还不见人回家，到处寻啊寻不到，就敲邻居家的门。邻居说，哎呀，这事情可不好喽，天亮的时候还看见他在塘边钓鱼……我一听，急煞。赶到塘边，只听见'噗隆咚、噗隆咚'，你知道是什么声音？"

奶奶每次讲故事都很生动，假如版本能更丰富一些的话就更好了。这个段子我已经听过好几十回，奶奶又拿出来扯了。什么声音呢？原来父亲老是钓不到鱼，就跳进池塘，用脸盆恨恨地往外舀水。奶奶赶到的时候，池塘的水都快要舀干了。

　　掌灯时分，父亲终于回来了，一身酒气加烟味。"学车到这么晚？"我问。"请教练吃饭。"父亲摆出一副老江湖的调调儿，右腿子抖抖儿，靠在沙发上闭目养神，好像在外头忍辱又负重，劳苦而功高。

　　惹不起，躲得起。我们知趣的都远远地走开了。无处可躲的姐夫损失惨重，他抽屉里的几条高档香烟，渐渐都跑到教练车的后备箱里去了。

　　教练占了多大的便宜么？才没呢。据说，带父亲的那位教头可被整惨了。一般一个教练身上都绑着几十个学员，跟明星排档期似的，每天跟着排课表出勤。谁知我父亲怕自己考不通过，就整天猴着教练，只要有人请假，他就自告奋勇地上车去替补，搞得教练哭笑不得，老跟人说：大清早的，就看见老周背着个水壶到驾校办公室报到来了。

　　父亲学车，我是铁了心不提这事，事不关己，高高挂起。然而，是祸躲不过，该来的，还是来了。

　　一天午后，我正揉着倦眼，"啪"，父亲把一个黑本本拍在我面前的桌子上。

　　"干嘛？"

　　"驾照！"

　　带着某种预感，我沉重地打开黑本本，看见父亲在一寸彩照上瞅着我，和蔼而憨厚。

　　"干嘛？"这一次我明知故问。

　　"不干嘛，给你看看。"父亲一副无事人的样子。

我四下里寻找姐姐的目光，直到读出了一种略带嬉皮的无奈后，又重新转向父亲，敛声探问："你的意思，就是说，要买车了？"

从组装式电脑到笔记本电脑，从模拟摄像机到数字摄像机，从傻瓜照相机到专业照相机，多年来，我和姐姐总是勒紧腰带买给老爸。电子产品最讨厌的地方就是能不断升级，我们一边忙着倒手卖掉旧版，一边贴补差价去买升级版。可是哪里料得到，六十岁的老爸，如今又给我们搞出一本汽车驾照来？

"你的意思，就是说，要买车了？"我的声音，镇静得略带悲剧意味。

"啊，买车？这么急干嘛？"

这位二十四岁就开始当厂长的人，闲庭信步，脸上不显山不露水。突然，好像想起了什么似的，猛一回头，一摆手：

"八月份再说好了。"

八月份再说？我和姐姐面面相觑，再将目光一起投向墙上的日历：七月，二十八日。

"是时候了，夏日曾经很盛大。"老爸把他的阴影落在了女儿们的心上，他的话像风吹过空荡荡的牧场。我和姐姐像两捆被收割的牧草，歪歪斜斜地彼此搀扶着，挪到书房里。"你那儿能凑多少？""这个数。你呢？"……

既然都七月二十八号了，又何必挨到遥远的八月份？

"走吧，"我们说。

"哪去？"父亲问。

"汽车城，买车去。"

"女孩子家就是性子急。我不是说嘛，八月份再说，现在就要赶着去……"

很快，父亲像是好大不情愿地走进电梯。

到了汽车城，我和姐姐非常默契地一起看中了一辆小型轿车，价钱在十万元以内。"就这辆吧。你看多么小巧，停车也方便。""嗯，排量 1.4，绿色环保。"

"排量多少啊？"父亲跟在我们后头转来转去，"动力太小了吧？超车不太方便。"

母亲终于忍不住发飙了："超车不太方便？你个时髦老头，都这把年纪了还超车不太方便？"

开着新车回家的路上，我跟父亲说："老爸，听我朋友说他开了一家飞行俱乐部，现在已经开始流行自备小型家用飞机了，改天带你去感受感受？"

见我问得这么认真，父亲也认真地回答我："开什么玩笑？我都六十岁的老头了，还学开什么飞机？年轻二十岁还差不多！"

2011 年 9 月 14 日写，19 日补

上网记

"你爸爸得老年痴呆症了！"

这一回，电话那头母亲说得非常严肃。我有点懵："老年痴呆症？怎么可能？"

"是真的。不骗你！"母亲的申诉有长时间的停顿，似乎有一种介于忧心忡忡与痛心疾首之间的复杂情绪在折磨着她。

莫非岁月真的不饶人，就连行动力如此之强的父亲，竟然也早早得上了这颤巍巍的病？我的心一拎："怎么回事？别急别急，慢慢说嘛。"

于是母亲就慢慢地说了起来："今天早上，小区有个很重要的演出，我本来是说不去的，她们一定要叫我去，还说菊兰啊，你不去这戏怎么唱啊？你唱得这么好的都不去，我们跑龙套的撑不了台面啊……"

我听得有点恍惚，这细枝末节的生活叙述在小说中通常出现在大悲剧来临之前，我预感一个乌云匝地式急转而下的戏剧性场景即将出现。"哦妈妈，咱们先说爸爸老年痴呆症的事儿，行吗？"

"我就是说这个啊。这不，我赶着出去唱戏，到了楼下才想起手机没带，我就在楼下叫，元根——，元根——，帮帮忙，把我的手机送送下来。唉，老头子光顾上网，半天也没反应！"

高潮悬而未决，母亲继续铺陈，急煞人！

"然后呢，妈妈？咱们说重点吧。我现在为了听你的电话，把车临时停靠在非法停车区……"

"然后？然后你爸爸就得老年痴呆症了！他突然打开窗，二话不说，嗖，把你买给我的那部红颜色的新手机从四楼扔下来了，直接摔在水泥地上。"

"啊！结果呢？"我也傻了。

"结果？啪一声！裂开了，像石榴一样，裂成好几瓣！"

世间有许多事情的结果是可以预料的，比如玩物了就丧志，又比如谈恋爱了成绩就直往下掉。但是，上网使人提前得老年痴呆症，我却始料未及。

"好的，妈妈，我知道了。明天把他的电脑充公了就是。"我赶紧把车开走，该干嘛干嘛去。老爸老妈，一个玩演出，一个玩游戏，我真吃不消这一对玩主！

之所以惹出母亲诸多怨气，我深知自己难辞其咎。父亲如今成为一名废寝忘食的网游高手，而且到了这步疑似"老年痴呆症"的田地，始作俑者，舍我其谁？

十年前网络刚刚兴起，我花了四千块给自己买了第一台电脑。想着父亲退休不久，投闲置散在家，心理肯定有落差。于是我咬咬牙，七拼八凑又买了一台，忙忙地给他送了过去，心想着总比他跟几条金鱼过不去，养死了一茬又一茬强吧？更何况今天搬音响，明天拆摩托的，弄得左邻右舍都不消停。果然，他从此以后，既不出门，也不点灯，深居简出，息事宁人。家中除了鸟鸣山更幽地传来几声网络象棋的"将！将！"声之外，再无其他不妥情事发生。

"老合投闲，天教多事。"敏而好学的父亲去新华书店搬回了一套"计算机入门丛书"啃了起来，过不久便成了能手，连许多别人用不到的功能都掌握了。

一天，晚饭桌上，我说想把一台52寸的背投电视机换成一台液晶壁挂式，既顺应潮流，也节省空间，只是发愁原先那一台又高又大的旧电视无处安置。刚准备征求意见是不是送到老家去，母亲就远远地隔着餐桌朝我递了个眼色，意思是让我别提这事。她知道这家伙费电。父亲闷着头，自顾自喝老酒。

晚饭后，逮住母亲洗碗的空当，父亲把我哄到房间里，把声音压得低低的："这台背投电视什么都好，屏幕也大，画面也清晰，但是你的观点我赞成，新时代的年轻人应该用新时代的新产品，优胜劣汰是事物发展的必然规律……"

"不必说了，背投你拿去！"我别过头，举起手，搽开五指，阻止了父亲一套宏大的进步论。

不出一周，母亲气急败坏的投诉电话又来了："啊啊，都是你惯的！还不快回来看看，这家都成什么样子了！"

过去一般人家客厅里作兴贴墙做一溜矮柜。我家客厅格外逼仄些，一排矮柜对面就是一排沙发，之间相距不过两米。凭心而论，也着实给父亲出了一道难题。这52寸的背投电视原已虎背熊腰，加上底座，足有一米多高，再放在矮柜上头，那真是顶天立地，人站着看还得仰视。

"是时候了，夏日曾经很盛大。"父亲情急之下，焚琴煮鹤快刀斩乱麻：拆！

我一进门，只见一片残垣断壁，中央兀立着一台庞然大物，开膛破肚散了一地的乱线。那一溜矮柜呢？统统都不见了。

还有什么可说的，除了赶紧掏电话请木匠泥水匠上门？

尘埃落定后，父亲安逸地将背投电视屏幕连接到计算机上，在辽阔的战场上开始了新一轮的网上厮杀。怪不得他如此性急地要我优胜劣汰，原来他好推陈出新。至于，那一桩"把你公司的投影仪借我用用"的事儿我就按下不表了吧。

其实，我父亲并非完全玩物丧志，也曾为振兴家庭经济做出过积极的探索和努力。A股从六千点坐过山车滑到三千点之前，我父亲的枕边书是《股神秘籍》。

在医院做财务的姐姐，业余还特别成功地加盟经营着几家服装连锁店，有一天回家时从店里带回来一副双肩背带，就是电视剧里华侨们经常搭配在西装裤上的那两根可拨可弹的松紧带。当时父亲正穿着一条大裤衩在翻秘籍，见姐姐过去一本儿正经地帮他穿戴上身，就嚷嚷道："干嘛干嘛，这是？"

安装完毕后，姐姐饶有兴致地解说："你看你吧，车也有了，眼看着老妹又买了笔记本电脑给你，索性再给你配上这样两根背带……"

"什么意思啊？"父亲一脸丈二的表情。

姐姐一边解说一边演示："从明天开始，你就这样'嗖'一下把车停在股市大厅门口，接着打开车门，像港片大亨一样从车里慢慢钻出来，叼一根雪茄，胳肢窝下夹一个笔记本电脑，没事儿四下里望望天气，然后就这样，拉起背带，'嘣嘣'弹两下。"

我和母亲都已经笑得快掌不住了，父亲还死撑着，凑上去问："弹两下干嘛？"

"不干嘛。时髦老头嘛，账户里没钱不要紧的，派头大就行了！"

炒股之外，父亲还发现上网的好处多多，不仅能自个偷着乐，还能与民同乐。

那天正好是国庆前夕，母亲的一位戏友听说我回来了，就赶过来向我请教怎么化舞台妆。刚走进房间，就对着墙上那张花花绿绿的拼音图表大发赞叹：

"啧啧，你家小外甥真是神童啊，不到三岁就学拼音了！"

"哦，那是我老爸的。学打字，聊 QQ。"

现在，父亲 QQ 聊天已经聊得十分流畅了。假如有一天，你在网上遇见一个梳着特务头，签名为"阿亨宝贝"的，那么无论他的网络身份显示的是七十年代出生，还是八十年代出生，都别去招惹他。

2011 年 9 月 22 日

石明弄26号

此刻，夏季正喧嚣在屋外，办公室的空调发出均匀而倔强的闷响。不知为何，在俗事纷至，并欲将我五花大绑的这一个连钟表都在热力中狂奔的午后，我忽然开始怀念起我祖母的旧居——桐庐县城一条小巷里的那一间木结构的幽暗屋子，我童年时居住过的，邻里间无缝连结的，石明弄26号。

我更小些时候是在分水江的渡船中度过的。拉着大人的手，每天我都要从一个两旁长着芦苇的堤岸码头坐船，渡到江对面去，在一个叫横村的小镇里开始我每天的幼儿生活和部分的小学生活。我在那条江里游过泳。比姐姐小五岁的我和比我大五岁的姐姐，两姐妹加起来还不到十五岁，但欢畅的笑声比江水更清澈。十岁那年，也就是我三年级的时候，随父母一起迁居到桐庐县城，转读一小，在石明弄 26 号的巷子里，过完了我高年级的小学生活。

石明弄 26 号是向公家租来的房子，两块钱一个月。郁闷，阴凉。那里所有人家的灶房和起居间全都在一楼，而卧室全都在二楼。连接白天和黑夜的是一条木头梯子。很黑，没有灯。但上上下下，那么多年过去了，似乎从来没有人觉得需要过。那些年，祖母一直在电力局的炊事房里做小工。她每天总是很早很早就轻轻地起来，掀开我那一头的被子，穿衣，然后把木头楼梯踩出咚咚咚的闷响。我每天的第二次睡眠都是从这个声音开始的。我很习惯，甚至依赖。那些年还落下了认床的毛病。一次住在小姑家，我整整哭了一夜。

祖母的故事比她的屋子更陈旧，我可以倒背如流：童养媳——凶婆婆——不知爱惜的丈夫——棍棒之下的青春——祖父去世后长年寡居的日子。每一个细节我都十分熟稔，熟稔到甚至我的讲述比她自己的讲述更有条理，可她还是不停地讲啊，讲啊，仿佛所有流逝的岁月全赖这讲述而得以存活。

从初中开始，我们全家便搬离了石明弄，住进了分水江畔的洋塘小区，父亲单位分的一套两室一厅的公寓楼，那时叫"大套"了。五十多平米，五个人住。我和姐姐住一间，父母和祖母住一间，中间隔一排柜子。但我还是会经常凑到祖母床上去，陪睡在她的床榻，脚边，闻着红花油的味道入睡，直到中学毕业。后来姐姐大了，常有人追上门来，终归不便，我们又在同一个小区内添置了一套略大一点的房子，父母和姐姐都搬去了新房子住，我又陪祖母在老房子住了几年。再后来我就去杭州念书了，两位姑姑开始与我们一起轮流着赡养祖母。

有时我觉得祖母还活着，但很多时候我觉得她已经死了。我想象过很多次，当某一天一个电话响起，我会是怎样的心情。也许并没有那么难过吧，因为我的难过在很久以前就过了。而我对她的情感，也早已留在了她病骨支离、苦涩凄清的过往岁月中。

现在，家里人已经没有谁会再愿意去回忆石明弄里的日子了。对于我们家，那只是非常短暂的居留，像一群迁徙的候鸟曾经停靠过的一个凌乱的飞地。时光荏苒，旧城焕新，而今更是无可留恋了。可我在那里认识了邮票，学会了下五子棋，也是在那里懂得了女孩应当穿漂亮的裙子。最重要的是，我用打遍整条巷子无敌手的五子棋的辉煌战绩，斩获了隔壁金氏兄弟家所有我看得上的邮票，并在此结束了我飞扬跋扈又懵懂无知的短发生涯，学会了无故寻愁觅恨，有时搔首弄姿。

祖母安宁幸福的生活也正是从这里开始的。在石明弄 26 号，她不再仅仅只是一户人家的小媳妇，而是一个独立、完整的女人。四十多岁时她送走了眉目低垂的丈夫，剩下一个牙关紧闭的婆婆遗老乡间。虽然从祖母十岁进门起，这位冷肃的婆婆就没放过一天晴脸子，但她临终前的涤衣、换褥，以及其他晚辈避之唯恐不及的悉心看护，都由祖母默默地承担了下来。日子虽积困而憔悴，但她就这样带着三个孩子从头建立了一个她心目中真正的家。辛苦可想而知，但再也没有委屈。

祖母勤俭惯了，她至今无法理解大城市里的房子为何动辄上百万。上百万的钱，是什么钱？她一直问我，你办的厂叫什么厂？

我说我没有办厂，只是办了一家公司，于是她问：哦，公司啊，那么你办的公司叫什么厂？后来，又问我厂里有多少人，是不是每一个人都在我厂里吃饭？谈到这些，她即便不再说什么，眼睛里也难掩颤抖的激动。

每每这个时候，我什么也不说，跑进她的房间，从枕头底下摸出《圣经》，像中学时那样，一行一行，为她朗读赞美诗。

2010 年 8 月 13 日

最美的误会

今夜，我正客居在温州瓯北镇的一家旅舍中，一丛幽幽的琴音不知从何处漏出，竟将我引到了一处冷绿淙淙的水边，一洗长途的劳顿。

古琴，淡得那么浓烈，又浓得那么悠远。那一袖一袖的舍去，能把人的心掏空，直到体内又重新填满虚无。是的，它总能以轻抚的方式揉疼你本以为足够坚硬的内心。我一度曾将自己视为现代的古人，想象我在古代可能的身份与境遇，但终于还是没有一个如意的结局。于是放弃，回到当下。

此时的一片琴音，却钩沉出我记忆中一个与古琴有关的美丽的误会。

十多年前的一个秋天，经人推荐，一位来自日本的女留学生找到了我。她的名字我已忘记，印象最深的是她脚上那双饱满、挺括的皮鞋，一尘不染。她长着一张微丰的脸，常表示出一些谦卑的颔首，无言的问候。由于语言的关系，她与生俱来的谦恭气质愈加显见了。不过，对学音乐的人来说，语言的隔阂向来是不很要紧的。在她之前，我曾教过六名来自不同国家的留学生弹筝，一开始语焉不详，难免抓狂，渐渐地却总能心领意会。

像我的老师曾经为我做的一样，我们去琴行挑古筝，去书店买乐谱，然后由我一周一次去杭州大学（现在的浙江大学西溪校区）的留学生楼给她上课。在我看来，她不够灵敏，但仍算得上是一个好学生，好就好在她对中国文化的尊敬与痴迷。除了教给她一些必要的技巧外，我也不时给她讲一些演奏之外的东西。比如，古人抚琴时最好面向一窗幽竹，燃上一柱沉香，那么即便音乐停止，冉冉青烟中，依然音韵袅袅……这样的音乐课，她很喜欢，我也是。大约我小的时候比较愚钝，老师只忙顾着授我以技法，但我认为成年人之间的音乐课应该是这样的。

君子之交淡如水，课外我们还算不上好朋友，也许是因为无处不在的东方礼节吧？但是每节课前，她总会为我沏一杯绿茶，准备一碟诱人的点心。净几暖炉，素瓷静递，每每我也就笑纳了。伸出没带指甲片的左手，捏起一片饼干，放进嘴里，然后用专注的表情和柔和的声音分享她温婉的盛情："嗯！好吃，真好吃。"就这样，我品尝到了许多种日本的传统点心，她也学会了《渔舟唱晚》、《出水莲》、《汉宫秋月》等几支中国的经典古曲。

可是，生活中总有一些转折不期而至，令人错愕。

有一回课后，我正欲起身告辞，她唤住我，然后从毛衣口袋里掏出一封信来，恭恭敬敬地用双手递给我，眼神中有明显的不安与躲闪："老师，请您一定回去以后再看！"

打那以后，我就再也没有去过她的宿舍了。依稀记得，碎花信笺中大致的意思是：

　　　　万分感谢这段日子以来您教我演奏古筝，让我结识了这一优美的中国古典乐器。但深感抱歉的是，我一开始想学的是古琴，而不是古筝。

信的结尾大约还有一些深度致歉之类的繁文缛节。我读信后的第一感觉有一些复杂，但很快就平息了心情。我从心底里理解她。我也何尝不希望自己能学会抚琴？

这个小小的误会，像极了一个意味深长的音乐小品。日本女孩其实从看见古筝的第一眼，就知道她要找的并非这种乐器，而是七弦琴。可她不说，将错就错，照旧买下来，学起来。细细想来，不外乎两种可能：一是她碍于引荐者的情意，不好意思就此驳了这位新老师的面子；再者就是趁此多学一门中国乐器。但这些已不重要，重要的是，如果把这则故事看作一个音乐小品，那么它已在我心中引发出同一主题的两重变奏。

多年前，我与古筝一见钟情。掀开绸缎的第一眼，便惊艳不已。只见二十一条青丝白玉的琴弦，紧致地布在一片木纹琴面上，宛若一位端庄与妩媚并重的女子，意蕴天成。而随着年龄的增长，我对音乐的审美慢慢从古筝的温婉伶俐，过渡到了古琴的苍劲幽远。总觉得古筝是给别人听的，明亮、美好又娇媚，惹人怜，招人爱；而古琴是给自己听的，自言自语，自己听见了，别人才听得见。如果说古筝是一位缱绻于花期密约的女子，那么古琴则是一位沉思者，蕴藉着静谧、理性的光辉，飘忽中兼具入骨的遒劲，如中秋的朗月，烘月的云晕，拂云的清风。

这一转折来得如此自然。从古筝到古琴，从二十一根弦到七根线，从一个女孩到一个女人。琴弦少了，岁月长了。

自那封信后，我相信那个执着的日本女孩，必又辗转找到了一位中意的琴师，从此琴声将如何伴随她今后的每一段旅程。而我，虽心系古琴，却至今未能亲近。这一封怅然的信哦，要往哪里投递？而遗憾，又为何总是停留于自身？

但我深信，这一天不会太远。

2009 年 11 月 2 日

螺蛳青

一个女子爱惜自己的形象，谢绝在大庭广众之下啃肉骨头以大快朵颐，我认为是十分必要的。但是，对于一盘小小的螺蛳，因羞于发出窸窸窣窣的声响而投箸不食，那就显得有点拘礼或矫情了。

吃螺蛳是一项技术活儿，掌握者不仅能一饱口福，而且完全可以做到指顾之间庄矜有致。

人们一想到螺蛳，不是酱爆的，就是水煮的，加点葱蒜，加点辣椒。的确，烹饪之道不在于如何变着法子折腾，而在于因材制宜。有那一等大厨为拔高螺蛳的品位，把它们与本鸡、甲鱼同炖，或把它们掏空，再将一撮撮肉末塞进壳内，颇具盛德之饰。然而，虽上得台面了，汤的口味也不错，我却唏嘘不已，只认是生生糟蹋了这水中仙子。

要知道螺蛳的最佳产地，并非肥沃的池塘湖泊，而是水质清淳的江河。它早已习惯了在清水中开阖吐纳。更何况，吃螺蛳之乐，不仅在其紧、韧、鲜的肉质，更在筷子起落间悠游闲适的那一种意趣。

吃螺蛳，就像嗑瓜子，壳多肉少，所得不偿劳，因此，吃的实在是一份心情，一种境界。最好，吃螺蛳是趿一双悬而不落的拖鞋，翘着二郎腿，支在一条长板凳上，在醄醉摇曳的路灯下，叮当碰撞的酒瓶间。这不仅适合那些摇摇而不坠的惬意闲汉，也适合一干窈窕淑女。

作为淑女之一，与那些更为热爱生活、拥抱生活的人相比，我在夜色下出没于酒肆的机会不多，但我毕竟在富春江的深水浅滩边长大，隔三岔五就能在餐桌上遭遇到螺蛳，熟能生巧，因此，无庸讳言，——唉，这话太文气了，我就直说了吧：本人吃螺蛳的段位相当高，以至一顿下来，别人食肉而饱，我能将螺蛳当饭吃，以至于落下一个雅号，唤作"螺蛳青"，即一种专吃螺蛳的、生长于清水中的鱼。

毫不夸张地说，一盘螺蛳上桌，我只要看一眼便知道，它是神品，还是逸品。

如果螺蛳壳上附有绒毛，就说明产自富营养化的湖泊或池塘中，即为次品，已不足道。

如果螺蛳壳色泽深绿，外形大过拇指甲，且表面光滑，就一定来自水草丰沛的江湾河曲里，若能遇上一盘这样的螺蛳，算你走运了。它们可以酱爆，更适合汤煮。按照我家乡的做法，除却放入姜蒜，汤汁中还要加几片咸肉，搁汤搁肉的烧在一起，然后用朝天椒增辣，用青椒调香。只要厨师料理得当，大有可能成为一盘螺蛳的神品。但是，假如其个头超过拇指甲那么大，情况就不妙了，好比今人学八大山人的写意，过犹不及。换言之，大的螺蛳口感嫌硬，而且不易入味，吮吸起来难免摇唇鼓舌的，伤及元气，只好跟田螺一样拿去灌肉了。

那么什么是螺蛳中的逸品呢？当是个小而色浅的。个头应控制在无名指甲大小以内，螺壳略显透明，呈浅绿色，细细的一盘上来，甚至有一种小户人家的寡淡和清寒。这些个小肉嫩的螺蛳，最适合酱爆，而掌握汤汁的浓稠稀薄尤为重要，太稀则味不逮，过稠则口感黏腻，而且吮吸起来力屈势沮。火力应该是越旺越好，只须在铁红的热锅中轻轻翻几个身便可装盘。很多人对它望而生畏，原因很简单，总觉得个小就加大了食客的劳作，增添了麻烦。其实不然。

真正的吃螺蛳高手，已经到了人螺合一的境地：伸出筷子，夹起螺蛳，放在唇尖，再一撮口，然后是珠落玉盘，以一道道优美的弧线，完成一个个流畅的循环，端的是气定神闲。整套动作迅捷而精准，如蜂啜蜜，吮其精而弃其芜。又好比高速公路上的驾车能手，不争一时之快，让马达转速保持在一个固定值内，除此之外，快慢由人，荣辱不惊，最终人家会发现，无论如何赶超，你总是绝望地在他前头。

有时候，在餐桌上冷眼旁观一些主儿的吃螺蛳，啧啧，罪过！罪过！

就有这么一位顽主，与女朋友和她的姐姐姐夫一道宵夜。都是些吃螺蛳的高手，谈笑间吃得锋发韵流。他担心在人前露出破绽来，于是效仿大家，很优雅地用筷子夹起到嘴中，然后轻轻一吸，螺蛳壳也便从嘴角顺溜着落到桌上，这样机械操作一番，桌上居然也垒起了一堆螺蛳壳来。殊不知，从头到尾，原封不动，这位仁兄压根儿就没尝过一口螺蛳肉的真味！

一日，他见我把一盘螺蛳吃得欢畅之至，而不怕消化不良，便惊呼：果然是螺蛳青啊！欣羡之余，便认认真真地练习起来，竹筷头抵，牙签儿挑，有时又用三四个含糊不清的手指钳住一枚螺蛳，耸起双肩，缩紧两腮，对着螺孔，汲汲以求，唯恐有失。整个情形，疑似抽风。有时因为用力过猛，或把位不准，还会吸出一记凄绝的声响。当他意识到这声音有点异乎寻常时，不免抬起头来，贼眉贼眼地四下里望望，看别人有没有取笑于他。

我好不容易忍住笑，说道："就我俩目前的水平，都可以去参加吃螺蛳表演了。"

2011 年 10 月 9 日

做一只充满细节的蜗牛

　　小时候，我家门前有一棵葡萄树。葡萄藤是死褐色的，但叶子却是极活泼的鲜绿。从葡萄果儿长出来的那会儿起，我就一天天地监视着它们。拿一个小板凳，坐在那片绿茵茵的天空下，等它们由青到紫，变换颜色。遗憾的是，我几乎从没有收获过一整串的熟葡萄，因为紫一颗，就摘一颗。葡萄是甜的，但我的舌根总是酸酸的，就算在读一本《三毛流浪记》的连环画，也是心怀忐忑，不时抬头，怕错过了它变紫的那一刻。是的，我迫不及待地想要尝一尝，葡萄成熟后的那一种甜——

阿门阿前一棵葡萄树，阿嫩阿嫩绿地刚发芽，
蜗牛背着那重重的壳呀，一步一步地往上爬。
阿树阿上两只黄鹂鸟，阿嘻阿嘻哈哈在笑它，
葡萄成熟还早得很哪，现在上来干什么？
阿黄阿黄鹂儿不要笑，等我爬上它就成熟了……

葡萄成熟得可真慢，一颗，一颗，像蜗牛。我以为我很快，因为我抢在蜗牛爬上葡萄藤之前摘到了那一颗甜葡萄。可每次回想起来，舌根依然，还是酸。

快，能让我们获得什么？很多。比如更早的接近终点，把怅惘留给身后的竞争者。

那么，在快中，我们失去了什么？不知道。因为这个问题，快的人没有想。就像有一天，你推开门，突然发现你的孩子已经大学毕业，正在为下落不明的工作和捉摸不透的爱情唏嘘苦恼。而你出门的时候，他还在呼啦啦地玩着溜溜球。不是吗？

据说，当人类还在丛林里跟剑齿虎赤身肉搏的时候，发展出了一套快速应对的系统，在第一时间做出决断与行动，但是常出错。错不要紧，因为在弱肉强食的丛林里，快而错要比慢而对更安全。后来呢，我们进化成了猿猴，蹲在树上，不用老想着被吃掉，于是就有空闲胡思乱想了。渐渐地，另一套审慎决策的系统发展起来。事实很明显：在人类的进化史上，慢，比快更高级。

如今，工业革命以降奔跑了好几个世纪的人类，像一架一经发

动便再也无法停歇的永动机，超越时间，超越空间，甚至超越了预设的终点。可为什么我们的内心还是感到恐慌？更多的时候，一旦赶到尽头，却发现所谓的终点，不过是构成人生虚线的一个小小的圆点。总是发现，我们失去了过程中的细节。

我们是被历史虚笔带过的、缺乏细节的人。我们有追求，没理想；有目标，没信条；有欲望，没要求。我们站在一个孤岛上，记不清来时的路径。我们努力，疲倦，却不觉得充实。因为，我们删减压缩了生命的经验。我们双手盈握着的，莫非是一个看似圆满的空虚？

慢，不一定落后，而落后在今天不一定就挨打。是的，有些事情说起来也许有点讽刺。很多古迹之所以保存得完整，其原因竟是得益于落后，得益于慢。于是，人们由圆见缺，自多见少，终于发现了宇宙的秘密，这就是：起点即终点，快就是慢，而慢是另一种快。

一战结束后，当英国外交官尼克尔森向《追忆逝水年华》的作者普鲁斯特匆匆说起巴黎和会的事儿，普鲁斯特说："请别，请别，这样说太快了。从头说吧。您乘的是代表团的车。您在外交部下车，而后沿楼梯而上。接着您来到大厅。好吧，接着说。精确一点，我亲爱的朋友，请别太快。"哪怕是装模作样的外交礼节，握手寒暄，摊开地图，翻动档案发出的声音，甚至隔壁房间里的茶水、杏仁饼干，每一个细节他都听得津津有味，不愿放过。

普鲁斯特从对细节的玩味中看见了什么，又留住了什么？

慢，是放大后的细节。慢，是精确地把握当下的最直捷的方式。慢，是风流云散后对前尘往事的端详。慢，是对未来的回忆。

　　精确一点吧，请别太快！请告诉我杏仁饼干的芳香，甜点师脸上的微笑。请向我呈现一颗葡萄的变化，流转的光泽，酸与甜的佳酿。请向我描述蜗牛的慢，它走过的弯路，犯过的错误，它的自信与谦卑，沉重与豁达，它带着房子去旅行的乐观，与那背负着十字架的罪恶感。尽管在中国，蜗牛象征着缓慢和落后，但在西方，却视之为恒定执着的坚持者，造物的上帝。它指向未来，因为人们会借蜗牛的行动来预测天气。如果蜗牛的触角伸得很长，就意味着明天有一个好天气。

　　诗人说得好：一只追赶火车的蜗牛上了前程。

2011 年 12 月 25 日

花园里的几棵树

大约我的上辈子是一棵树。我是由树转生的，所以今生特别留意它们。身边，头顶，远处，近旁，有时经过，即便不认真看，也觉着是熟悉的，亲昵的。

现在，坐在五楼的阳台上，静静地望着花园里的树，经意或不经意间，我总会联想到一些什么。

今年最惹眼的是两株石榴树，怎么突然就开出了那么火红的榴花，衬着叶子也越发绿了，簇簇新的，像假的。在我眼里，石榴花儿是一个庄户人家红红火火的小妮子，未必就能被城里的女孩比下去，许是打扮得过于艳了，总觉得那一分热烈是寻常、短暂、忠厚老实的，一转眼就成了人家灶头的新妇，香艳的故事便讲不下去了。那诗里写的"榴花照宫闱"大约是指花的形状吧？圆圆红红的灯笼，满身满脸的喜气。可不是嘛，要不了多久，一低头，那脸瓜子下的肚子就一天天鼓起来了。夏天一到，那石榴子儿就上了市。

广玉兰与白玉兰相比，最要命的缺点是太齐整了，有花也有叶子。高高大大的花树，因为叶子太硬朗宽阔的缘故，显得那原本粉团团的白花倒并不那么起眼了。一个个拳头不轻不重的佯握着，花拳绣腿，像大家门庭调理出来的长女，有着最端方的仪态和动摇不得的美好品格。虽也秀美，也挺拔，但总觉得缺一点什么。"我有哪一点不好？"广玉兰不服气地问。再看一眼旁边那株腰肢纤柔的白玉兰，没有叶子只有花，一个劲地开张着，嚷着，唱着，不管不顾的，一副被春光宠坏的样子。一阵风过，便簌簌摆动着身子，像裹着一袭溢彩的流言。虽是同胞妹子，身世却来得扑朔迷离，有点冒险性，让人明着为她担忧，暗自又嫉妒她。原本觉得广玉兰"缺"了一点什么，却不想，原来是"多"了一点什么。可见，这多与少是很难讲的。

无花果是最爽快又最痴心的树了。天气稍稍暖起来一点，她就迫不及待地撑开了自己，而且一长就长成那么大，大脸盘，大嘴唇，大嗓门，毫无身段可言，虽也会结果，但怎么看都是中性的。待到果子由青转紫，秋风一起，叶子就该落了，一片一片地向着泥地投下瞬即消失的影。可她来自伊甸园，那一个草木格外苗壮的世界森林公园。亚当与夏娃当年正是用她的叶子，去遮那遮也遮不住的羞。不禁感叹，无花果树笨拙的外形与所肩负的神职真是大相径庭！不过谁也没见过圣母的真容，不是吗？无花结果，拙有拙的好处。圣母也许就是这样的，也未可知。

桂花树仅仅活在一个嗅觉的世界里。除了当令会提醒世人她的存在与好处之外，其余的季节都是稀里糊涂蒙混着过的。就是站在树下，差不多的人一时半刻也分辨不出她的身份来。然而一到花开时节，她便万千矜贵起来，看得，折不得。满枝细密灿烂的金色，一到手上，就如同日子一样，散开了。

顶骄傲、顶敏感的是高高的棕榈树。一掌一掌细长的叶，像极了一种乐器，弦乐，大约是横过来的竖琴。只是禁不得风，一吹一拂，细碎的身体就瑟瑟颤栗着，叮铃铃地奏弄起来，那样的不可自持，那样的感情用事，是艺术家特有的神经质。杭州的棕榈大多是从别处迁居来的，看着她，总觉得像看着一个伤心失意的女子，背井离乡，到这里流浪。

树中最经典的时尚大师恐怕要数银杏了。青一阵，黄一阵。就是不青不黄，两种色彩过渡时也独具一种萧瑟、颓废之美。我有《银杏》诗为证："像十万只蝴蝶一下子醒来，瑟瑟震颤起金色的翅膀。"只等秋天一声令下，银杏叶子便转绿为黄，那是疯狂的 DJ 推出的最高音，于是整个季节都为之振奋，尖叫，狂舞。

而两株紫藤花迷住了西边窗下那个褐色、弧形的凉亭，像海妖塞壬，一边一个盘踞在船舷上，哼着一支淡紫色的歌，分头向船的中心挺进。她们在紫色的歌声里下了毒，因此缠绵悱恻，分外妖娆。不出三周，凉亭便心甘情愿地被她们革了命。

至于柳树，那完全是一株审美的树，此外一无用处。倘若一不小心发达了，扶摇直上，生成了一副五大三粗的体格，就算穿一双平底鞋，走路的时候怕也不敢挺直腰身，反而哈着背，矮人一等似的。

"可不能再长高了。"张爱玲的姑姑与她在阳台上合影时这么说。

还有一株樱花，哦樱花……可惜重瓣了。樱花须是痴心绝对的单瓣才好看，只有那么一点心事，落了，就没有了。

花园里的树是群居的动物。看得出园艺师种下它们时并没有花费多少心思，就那么东一株，西一棵，心神不宁地散布着，而且品种不一，高矮不齐。特别是她们刚来的时候，一个个缩手缩脚的，稻草绑裤腿，仿佛一个临时凑凑起来的女子民兵团，看着有些寒碜。虽不像低处的花儿们那样争奇斗艳，然而在一起时间长了，渐渐地挺括了，默契了，作风也踏实了，于是我慢慢地喜欢起来。瓦雷里给纪德写信，说："在这个世界上，只有树是一件还没有让我厌烦的东西。""不管怎么说，在我看来，美丽的树能够带给我愉快。除了和树呆在一起外，我看不出自己是幸福的。"我看不出自己是不幸的，如果我的前生是一棵树。

2012 年 5 月 11 日

雨季

"舒羽姐，咖啡馆的户外平台被水淹了！"一大早，就接到了咖啡馆工作人员的来电。我只轻轻"嗯"了一声，但心里却咯噔一沉。

这一沉，倒不是因为河水淹了露台，而是因为应验了那位乌克兰女留学生的话。冷静中带一点巫意，又像扎在头发深处的一根簪子，紧了，生疼。接连几天我都为此感到不自在，果然一语成谶啊。

生活在杭州，这样一座人称天堂的城市，早已习惯了接受外地来客的赞美，阿丽娜和瓦列莉娅几乎是唯一不同凡响的声音。

　　从我坐下来开始,整一顿晚餐的时间,阿丽娜和瓦列莉娅都在为即将结束在中国的留学生活而雀跃不已,心情之迫切好似在此服了一场劳役,同时也丝毫不为席间还有三位中国人在场而稍有一点收敛的意思。

　　"中国暴发户太多了。车太多了。汽车、电瓶车,还有晚上的三轮车,而且开得太快了,横冲直撞的,我们生活在这里每天都有冒险的感觉。唉,这个没办法的!夏天热得要命,冬天冷得要死(俩乌克兰人说杭州冷得要死)。饮食吗?哦,那是很不习惯的,吃什么都像什么都没有吃,好在就要回去了。唉,这个没办法的。还有硕士毕业答辩会上,导师干嘛非得介绍学生?而且一上来就把名字搞错,张冠李戴,让人还没开始答辩就泄气了。这个没办法的。"

　　"这个没办法的"是阿丽娜的口头禅,也足见她对这个国度、这座城市所抱有的情绪。阿丽娜有一头柔软的金发,皮肤白皙,身形玲珑,面目姣好。但更玲珑的是她的语言,阿丽娜太喜欢说话了,准确的说,是太喜欢抱怨了。相比之下,瓦列莉娅显得敦厚一点。她话不多,但并不影响其言辞的机锋,像个哲人,你会感到她的沉默是另一种发言。就这样,仿佛刚刚与之经历了一场失意又失望的恋爱,她们数落着这座城市的种种不是。

　　"可是西湖呢?难道你们不喜欢西湖吗?"见我这样问,阿丽娜和瓦列莉娅相视一笑,嘴角微微一动,然后仍由阿丽娜发言:"西湖很美,但人不行。"

　　西湖很美,但人不行。因为人不行,所以很美的西湖也就不行了。

　　中国人的礼仪里有一种类似茶文化的东西。一捧叶子,先用沸水洗一遍,接着在水里浸啊,泡啊,直到叶子中的苦味、涩味被水稀释、冲淡，成为一壶汤色均匀的茶汁，然后这些茶汁再经由滤网一筛，就彻底明澈可鉴了。我们捧出去的一杯茶也好，说出去的一句话也好，都力求保持在一种特定的温度和一种相对的成色上。这一点，尤其体现在对待外宾的时候。当有人不经过滤，直言以对时，那种原叶的苦涩滋味才又重新被翻将起来，也才想起原来这些苦涩的东西还在。但我相信，当年阿丽娜和瓦列莉娅来到中国，肯定不是因为她们对这个国家或这座城市所持有的成见。

从聊天中得知，原来她们不喜欢去西湖边散步，是因为不止一次受到游客的搭讪，这两位年轻漂亮的留学生深感侮辱。"这个没办法的！"阿丽娜又说。

没办法，在座的几位中国人，一位教授，一位商人，再加上我，像做了亏心事一样，只得逆来顺受地举起酒杯，频频跟这两个乌克兰女孩喝酒。

"中国的酒不对乌克兰人的胃口，太糟糕了，就连星巴克到了中国都变得寡淡无味了。唉，这个是真没办法的。"当时我们在喝着的正是商人老杨专门从家里带来的酒，他还以为是"好酒"呢。

眼看想扭转她们对杭州的看法是不可能了，但还是想尝试着做点努力。于是，我斗胆提议，请她们去我的咖啡馆坐坐，并在心里祈愿今晚大运河的夜景能助我如愿。

挨着1631年建的拱宸桥，我们围坐在一把米色的伞下，伞外是滴滴答答的初夏的细雨，以及秀发一般从伞的边沿披散下来的新柳。运河水汩汩流淌，大货轮南来北往，从我们身边隆隆驶过，一艘一艘，络绎不绝。而传说中的龙子蚣蝮，正趴在距离我们不远的桥边石墩上休憩养神。我请吧台长做了几杯刚从越南引进的咖啡，又泡了一壶福建的红茶金骏眉。阿丽娜和瓦列莉娅对我提供的饮品感到满意，而且我有理由相信她们绝对是讲真话的人。咖啡馆开业至今，这是我最在意客人意见的一次。

终于，这个夜晚在咖啡与红茶的调剂下变得舒展、流畅起来。

漫谈中的内容很大一部分都来自对运河夜景的赞美，但即便是逶迤了近四百年风光的拱宸古桥，也难以取代两年来横亘在这两个乌克兰女孩心中的中国印象。当然不可能，我也知道，"这个没办法的。"但毕竟是客，又是学生，于是一有可能的话，我们更愿意把话题引向她们的故乡乌克兰。幸而，做过多年中学语文老师的老杨不仅健谈，而且充满了机智与趣味。尤其是关于"蚊子的一次空运必将诞生一宗巨大的国际贸易"的商业构想，让大家惊异到匪夷所思。当听到两位女孩说起乌克兰山区蚊子又多又大又毒又猛的时候，老家浙江诸暨的老杨别出心裁又顺理成章地接应道：

"既然乌克兰盛产毒蚊子，我建议你们回国后想办法抓两头来，要一公一母，记住一定得是本地土著。然后寄回中国，高价卖给诸暨李字蚊香厂。哦，就是寄给我也行，厂长我认识。"这一番宏大讥诮的议论初听之下好像不怎么靠谱，往细里一想，却因为它同时具有某种合理的科学性和无厘头的戏剧性，而有了一种绝对的吸引力。

"这家蚊香制造企业目前已经以绝对的优势占据了国际蚊香的主要市场，如果有敏锐的市场嗅觉，再施以一系列有效的研发，必将对活跃在乌克兰乡村的蚊子进行毁灭性的打击！"说到这里时，老杨大手一挥。说的人过瘾，听的人也带劲。老杨接着补充："哦，那么你们二位当然就是首选的国际代理人了。"

不得不承认，这是一个内容新颖、观点迷人的好主意，很快引起了一连串热议。

就在话题无边无际，夜雨无际无边的时候，瓦列莉娅失声叫道："那是什么？"顺着她的手指，见河水中央有一个像岛屿一样的东西飘过去，穿过桥洞，一路向北而去。我们这才注意到逐渐升高的水位和愈来愈急的水流。

"是一片草坪。"谁不知道这是一片草坪？但是作为这里的主人，倒霉的老板，即便简单到接近愚蠢，我还是有义务说出来。问题是这片面积并不算太小的草坪为什么不是平铺在大地上，而是漂移在运河中？

"那又是什么？"这次尖叫的是阿丽娜。天哪，这回更离谱，竟然是一只沙发，而且还是双人的。它晃晃悠悠地浮在水面上，以一种比空降的乌克兰蚊子帝国更梦幻的姿态，引来众人的一片哗然和我的目瞪口呆。我多希望这是一项后现代行为艺术，而不是如此这般莫名其妙到令人难以置信的不明漂浮物。要不是因为有两位不算太好伺候的外国人在场，运河里出现一具自说自话的双人沙发，毕竟还是一件新鲜事。然而，我明显感到了包括我在内的三位中国人此时此刻的尴尬。而这种尴尬本身是不明就里的，或者说冤屈的。这一基调，也正是我当时预感到的接下去的话题与气氛。

果不其然。好像是一个已知答案的拷问，瓦列莉娅轻巧地抛出问题："如果再下大雨，我们现在坐的地方会被淹没吗？"虽然我对这个问题完全没有把握，运河边的咖啡馆此时也才开了一个月，也就是说，这是我来这里所遇到的第一个雨季。但总得说点什么吧，以缓解别人的忧虑，其实主要是缓解我自己的忧虑。这个没办法的。

"应该不至于吧。运河是杭州最近几年才花了巨资翻新的，尤其两岸的高度，想必建设时是参考过历史水位记录的。"有人频频点头赞同。瓦列莉娅背水而坐，听到我的回答后，她的语气与提问时没什么两样："应该？想必？呵呵，那可不一定。中国人做事，常常难以置信。"

我又一次思忖起国际文化差异导致待人接物等方面的不同。假如我是她，就算想到了，也未必会说出来。就算说了，也不会为了一个可能不妙的结果而反驳对方。毕竟这个"对方"一个晚上都在向你表示着友好。过于直接，总是会导致尴尬的结果，这个没办法的。想着，我又不尴不尬地看看其他两位，正巧发现他俩也在不尴不尬地看着我，仿佛在说：这个没办法的。

雨还在下，下得缠绵悱恻。随后的几天里，我时常会想到这两位乌克兰女生，也暗暗比较我从前接触过的其他国家的留学生，总体上觉得她们的思维方式过于主观，甚至过于偏执了。直到今天早晨，我接到这个露台终于被河水淹没了的消息。

2011 年 6 月 26 日

真心话大冒险

以下是一道叫"真心话大冒险"的情商智力测试，我答得不太理想：

我吗？我喜欢傻瓜。这不是在讲傻话，是真心话。我喜欢一个专注的人，而人一专注，难免傻气。比如？比如他一年中总该有两次以上吧，不能再少了，会把毛衣反过来穿。倒不是太讲究的，只要稀里糊涂地把背襟当前襟穿，或者反面当正面穿，都算。这样的人可能会有一两门让人景仰的专长，更重要的是，这种人往往具有极为刁钻奇怪的品味。而这种挑剔，是建立在对任一事物唯有他本人能够阐释的，而他的率意阐释即为世界之醒豁发现的，那种轻描淡写的能力的基础之上。跟这样的人在一起，会感觉很奢侈，智力上特别浪费。

文学家们总喜欢夸大"爱"，生怕找不到一个宏大的背景，来支撑那足以令自己感动的叙事冲动，叙述人世间再常见不过的男欢女爱。我倒觉得，爱不仅不大，反而是一件很小的事情，小到刚好只够塞满爱人的心。哦，这是一件实际上大同小异而每个人却坚持认为是一份专属于自己的私享的秘密。检验爱是否存在或完好的最保险的指标之一，恰好不是伟大，而是自私。这方面例子太多，不胜枚举。感动是一种教育。伟大的爱情，其常见地带是一部经典旧小说的高潮或结尾处。当一份内涵巨大到稍嫌笨重，主人公沉痛地快要死了还一往无前地将自己往死里埋仿佛图个痛快的那种人间大爱，连篇累牍地霸占着我们早已被泪水模糊了的视线……你确定他此时还是在叙述爱情，而不是已偏离到了个人道德教育，或者爱国主义情感教育什么的，某种生活中他真心想做却实在做不到的自我崇高的机制之中？

小，也可以是一种深度。爱，和世界上那些微不足道或波澜壮阔的事物一样，从来都是以小见大的。我推崇的这种智力型傻瓜，正属于生活中的小众。这类人可能会表现出不同程度的神经质，甚至迂腐可笑。一个普通车夫不屑一提的日常现象，在他们眼中可能就是一个不可逾越的历史性盲区。但又怎样？他如果能用三百种方式求证勾股定理，那么他为什么还要回答你杀死一只螃蟹最简便的工具是一支筷子，而不是一把菜刀？凭什么一个能啃得动大部头哲学书的头脑，非得读得懂一本家用音响的说明书？更别提将一把五颜六色的线头准确无误地安插到一个个标准雷同的孔眼里，还指望他调理出优美的音色，这也太荒谬了！

爱是一种能力，能力在他人，也在自身。如果你是一个聪明人，而且足够聪明，那你又何必去嫌弃一个傻瓜的傻呢？除非你跟他一样，也看不懂说明书，也搞不定生活中那些他搞不定的部分。这除了说明你不配爱一个智力型傻瓜之外，还能说明什么呢？深度是一种有限责任制，深度本身具有广阔性。你不能要求他更多了！谁都知道，八面玲珑，也算不上是一个什么赞美的词。

我不喜欢一个太聪明的人。这么说吧，这类人智慧的火力难以集中，比较没有机会成为拔萃之士，甚至可能一事无成。另外，他们太敏感，自尊心又太强，非常擅于掩饰自己的缺点，仿佛随身携带着一整套自动销毁模式——审时度势，语言与表情协作默契，一旦发现苗头不对，便纵浪大化于肉眼看不见的过渡与调试之中，自如到就像黎明的渐次苏醒或夕阳的缓慢退去。他们对自己的要求太高，将练门护得紧紧的，即便是一些无伤大雅的小缺点，也一律毁尸灭迹。背后的原因何止是不真实和不自信而已，根本就没有个性，缺乏见识。每每如此，我都深感惋惜。为什么不留下一些瑕疵呢？小一点也行啊？总比完美无缺强吧？一个时不时便按捺不住自身的缺点而显山露水的人是多么可爱，又多么亲切啊！哪怕过后悔恨。这种人也许有点愚蠢，但不像聪明人活得那么累。他们就像一棵被充满活力的菜青虫咬过的青菜，通身散发着一股绿油油的健康气息！所以，我喜欢一个会脸红的人，羞赧点燃了他们明媚而真切的人性。

我认为对缺点的审美，是一门最生动的爱情哲学。爱一个人，如果牢牢地把持着一个择优录取的尺度，未免世故，也不保险。因为拥有感来得太明确，满足后的消解感也会去得很明确。为什么情侣之间，与其是相敬如宾的安慰，还不如经常相互数落对方的不是，来得料峭有趣？皆因缺点太少，不能推陈出新，接续不上的缘故啊。

爱一个人不一定爱其多少优点，而在于你是否有能力去欣赏对方的多少缺点。人之所以惹人疼、招人爱，难道很多时候不是在于他滑稽可爱的缺点而非高高在上的优点吗？这种可爱也许不让人感动，但一定很生动。生动是疼爱的起点，就像一张粉嘟嘟的小脸，教人想伸出手去，很邪恶地痛捏一把。换个角度，我认为没有一桩爱，不是通过别人而同时在爱着自己。这可以解释为什么相爱的人依然珍视自尊，而又能理解彼此，感受到一种共同提升的力量。是包容，让我们感到了一种小小的敢于承认和拥有的，属于爱之范畴的崇高感。

那么，什么样的人最有可能具备这份包容心呢？试想，如果一个人，他是那么样的翘首以盼着对方能暴露出一两个以往被他们忽略了的缺点。如果能将缺点上升为缺陷，就更好了。每当这种时刻来临，胜券在握，他高兴得简直不成人样，但又绝非落井下石的那种狭隘与阴暗。为什么？因为他自己的缺点实在太多而完备了，以至于时常会担忧对方配不上。跟这样善解人意的真诚的人生活在一起，自然活得瓷实得多吧。

在所有的选项中，我最接受不了的是全才。由于以上我所陈述过的种种原因，一个全才在我眼里，缺点就太多了。特别是一类实用型全才，因为太全面了，绝对吃不消。他们被媒体尊为公知或教父，一周三次客串在省市一级的电视节目上。时政要闻、民生新闻、法律、教育、医药、星座，总之深一度、浅一度都不要紧，他都在那里。我在电视台工作的那会儿就观察过，也换位思考过：没有一个真正的专家是隔三岔五就肯叫人给自己化一个五十块钱的男士淡妆的：薄施轻粉，淡扫浓眉，再刷一点唇膏，不是增色，只是提亮哦。这样的专家是不严肃的。他们什么也承担不了，除了社会责任。

2014 年 1 月 10 日

真空

这几天我发愿读一本天书，也就是我向来碰都不敢碰的科学读物，却给这么一个定义牢牢抓住了：真空，即不包含物质的空间。

真空？那么还有假空？一个空的房间，至少还有空气分子吧？至少还有德谟克利特的无所不在的原子吧？不包含任何物质？那么，会不会还有什么暗物质？或者反物质？真难想象，一个空间存在着，但其中却没有任何物质存在。这样确确凿凿的一条定义，俨然具有金属一般冰冷的肌理。在我眼里，这纯粹就是一句诗。是的，宇宙的构成就是一首现代诗。

我知道,最好别拿文学去跟人家科学相提并论,那是赵姨娘与王夫人,差的不是一点。"我长大了要当一名科学家!"这样的宏愿我小时候可没有发过。我只知道,科学很重要,关键很难懂。科学操心的都是天大的事儿,比如地球、太阳、月亮,谁围着谁转的问题。史湘云的丫鬟翠缕,有一天在园子里走着,脑门一热,说:"怪道人都管着日头叫'太阳'呢,算命的管着月亮叫什么'太阴星',就是这个理了。"也不知是个什么理,总之,有一个亚里士多德的地心说,就有一个哥白尼持日心说站出来唱反调。但这问题,一千个莎士比亚加起来都拎不清的。

如果不幸被人问到,"请问你的语文是体育老师教出来的吗?"相信你一定很恼火。但假如你凑巧也有兴致去浏览一番《科学的旅程》,心情就会好得多。天晓得科学都是些什么老师教出来的?巫师、占星师、祭司、医师、炼金术士,哦,对了,还有许多诗人呢!

薪火相传的科学是一场宇宙秘密窥探者的头脑风暴,可是艺术家也常常不自觉地参与其间。那是一个惊人的世纪。就在伽利略出生的前三天,米开朗琪罗刚刚在他的工作室中辞世,而同一年,莎士比亚诞生。科学与艺术,像两根拥抱的灯芯,点燃了真理的火线,燃烧出一片智性的天空。

尽管如此,在科学面前,艺术还是说不上话。没有科学,艺术的表现与形式似乎得不到合理的解释。很多时候,文学看上去倒像是科学的拿来主义,比如,我就在日本诗人谷川俊太郎的诗中读出了很强硬的工业感。他有一首《关于公尺标准原器的引用》,约三百字,是直接从《世界大百科词典》里摘录出来的,白眉赤眼地摆在那儿，甚至没有分行：

> 公尺标准原器用约百分之九十的白金和约百分之十
> 的铱金合金制成，形如棒，其断面与被称作托雷斯卡断
> 面的 X 形相似，全长约 102 公分……

今年八月，我有幸邀请谷川俊太郎先生到我的咖啡馆做客，于是趁机提出疑惑，这会儿却忘了他是怎么回答的。可见并没有清晰的答案，或者根本不需要答案。"真空，即不包含物质的空间。"我为这个定义如此着迷，恰恰是因为不知所以。当诗遇见了科学，就等于遇见了元问题；而科学的元问题，也就是诗。

科学地说，文学压根儿就没有真理。艺术是一种解释的形式。诗即解释。比如希腊神话，就是人类幼年时候解释世界的方式。而当近代科学出现之后，就再也没有诞生过什么神话，因为人们不再相信世界上会有神话了。

也许有人抗议说，文学没有真理，只是解释，那么真善美呢？我也曾这么想来着。遗憾的是，这想法很崇高，但不科学。

真即纯。化学家的前生都是炼金术士，他们之所求与哲学家、天文学家不同，并非纯真，而是纯金。善是人性，与科学不搭界。美则属于形式，不管是美人还是美物，无非形而上或形而下。说到底，真善美讲的都是精神世界的事情，而精神的特征就是不确定性，也就是说，不怎么靠谱。

后来人们才明白，科学也是可以修正而递进的，真正不可侵犯的权威是神学。在科学面前，神学要趾高气扬得多，而文学，有议

论它的必要吗？《圣经》出自谁手，这难道是人能插手的么？就神论神就好。记住，科学家的先驱是巫师！

在那个蒙昧的远古年代，巫师们观测天空，从星辰的排列、天相的变幻中寻找与人的命运相关的规律，发布或证实自己的预言。虽然往往初衷是证实，结果却证伪，但科学的的确确就是从这里开始了它一步紧似一步的追问。

但巫师的祈祷，总是以神秘的非理性的诗的语调发出的，冥冥中成了诗的滥觞。因为这一层撇不清的关系，科学与诗倒像巫师分娩出来一对孪生兄弟。若非巫女，怎会这样诅咒自己的诗人儿子？

> 当初，在最高之神的命令之下，
> 诗人降生到这个烦恼的世间，
> 他的母亲恐惧万分，满口辱骂，
> 向着怜悯她的天主捏紧双拳：
> ——唉！我真情愿生下一团蝰蛇，
> 也不愿生下这惹人耻笑的东西！
> 我要诅咒那片刻欢娱的一夜，
> 使我腹中孕育为我赎罪的种子！
>
> ——波德莱尔《祝福》，钱春绮译

说来说去，文学总是落下风。但也不尽然，诗人但丁就通过《神曲》，至今还把爱智、爱真理的苏格拉底、柏拉图、托勒密等晾在地狱第一圈"候判所"外的草坪上，让他们慢慢想，好好想。时间还早着呢，就算每两个千年推翻一个亚里士多德，谁又能推算出多少个亚里士多德才等于一个永恒？

我把科学当诗读，就反对别人把诗当科学读。有一度我还很看不惯达芬奇，把人像弄得跟医学解剖图似的，笔画也精确得如同望远镜。还有那个写《包法利夫人》的福楼拜，有时一星期只能写出两行字，还好意思说。但我渐渐理解了，科学与文学，是好奇的星空下，一些好奇的人，用智性的手指去触碰宇宙天体的秘密。科学完善了艺术的形式，艺术又反过来解释了科学中的真理。尽管艺术本身没有真理，人们却有勇气与决心追求这一秘密，就像炼金术士一般，相信必然存在着从一般金属中提炼黄金的法则。

文学是真空的想象，也是这个满满当当的世界的记录。从今往后，我应该树立起科学的写作态度，向科学学习，如何让自己成为属于我的那个唯一的词。

2013 年 11 月 14 日

品茶

朋友席间偶尔谈起，说1997年的青茶似乎已过了最佳赏味期，2006年的此时倒可以取出来喝一喝了。

一句话点醒了我。多年前，我有一阵子买茶买得想剁手，直到我家旁边一个普洱茶行的老板，生意不好，只想金盆洗手，我见他桌上常摊着一本《杜诗镜铨》，心下一动，就把他店里的存货全都盘回了家，这才终于收手。所以家中大大小小的饼啊坨啊砖的，塞满了角角落落。也没想囤积居奇日后卖个辣价钱，只打算空闲下来慢慢品饮，所以房间里泛滥成灾，就在阳台上安顿下两口大缸，一口"天荒"，一口"地老"，跟时间耗上了。这会儿，又自觉亏待了它们，心想若换在别人家中，不知该如何珍藏密敛、深蓄厚养呢。

某一天，醒得早，晓光临窗穿户，心情也清晃晃的，于是撸起袖子，从"天荒"缸里掏出一个2005年的澜沧景迈茶饼。撬开一块，不拘多少，就投杯注水地泡开来。一缕茶气，温温的，只隔着杯儿盖，透过小小的气孔漏出来。凭虚凌空的一丝奇香，仿佛自草木摇落的迢递远方而来。鼻子一酸，竟绵绵多私起来。重加辨认，有点甜蜜的意思，四顾却又找不见颜色。有些着急了，拉开一点距离，再找。哦，在那儿！可是又破了，碎了。

就这样，一束柔心弱骨的景迈花香，又把我引入普洱青茶的迷魂阵里。往后的日子里，呼朋引伴，忙将开来。勐海、临沧，一个茶区一个茶区地喝；易武、布朗山、无量山、大雪山，一个山头一个山头地品。

茶的香，犹如火焰的冰蓝，须隔开一些距离，方能显出那一种曼妙的力道。她无声无息地进入你，与你内心的某种认知在瞬间达成一致，而这种认知，是你久已存在却未被唤起的审美意识。生活中或许也有过，只是有时过头，有时不及，她的这一番显现，正是一次提醒，一次叫人放心的校准。

陆羽说，茶味寒，最宜精行俭德之人。又说，馥郁芳香的茶饮，一炉最好只煮三碗，次者也不过五碗。"若坐客数至五，行三碗；至七，行五碗……"分茶，宜少不宜多。纵然我疑惑于这缺失的两碗茶如何成全主人的待客周到，但仍旧赞同这分茶中"少"的分寸之美。同时，我也倾心于"采之，蒸之，捣之，拍之，焙之，穿之，封之"这制茶程序中七道之"多"的工艺之精——尽管《茶经》中并没有提及普洱。

因为即便是大师，也必须老老实实恪守一个普通匠人的步骤。这"多"与"少"的算计，乃是东方人的智慧。

但东方人的含蓄也无需发挥到极致吧。常有高人鄙薄茉莉、栀子、桂花那浓得化不开的香气，认为茶贵本味，宜一概摒弃之，就像酒也不必浓香酱香的，清香就好。其实，茶香一点又何妨？不少茶痴最是钟情于热香四溢的铁观音，我有时也会突然想喝上一杯茉莉香片。一个轻言慢语的淑女，见到久违的老友，难道就不作兴人家也柴火妞似的迭声惊呼一回？

我到底欣赏不了的是茶道。

那茶是人喝的吗？照那规矩，光拿一个盖杯，便要"以右手中指、无名指及尾指指头，放在盖杯前面的边沿上，大拇指指头放在盖杯后面的边沿上，食指指头则轻按杯盖……"。喝茶喝真味，何必这样矫情做作？泡一杯茶都要这般繁文缛节装神弄鬼起来，莫非是在祭祀？茶圣也只对水火问题提出过具体建议，至于烹茶，何曾有这样的过度阐释？喝一杯茶，又不是做一场弥撒。要说品茶是静修内省功夫，那更得诸事从简呀。总之，茶道岂为我辈而设！

不同的人，喝不同的茶。你让"喉咙里烟发火出"的李逵用妙玉藏的"瓟斝"喝那收了梅花上的雪化水烹的茶，那是失了李逵的身份。施耐庵的茶，跟曹雪芹的不是一种。《水浒传》第四回倒有一首咏茶的诗，写得来杀气腾腾：

兔毫盏内香云白，蟹眼汤中细浪铺。战退睡魔离枕席，增添清气入肌肤。

林妹妹喝了这茶，保管更睡不着了。

识茶知人，越陈越香的普洱尤其如此。的确，我偏爱未曾渥堆过的普洱晒青紧茶，其制茶的精细、蓄养的温存自不用说，单是一款好茶那爬梳剔抉的用料、张皇幽眇的拼配就值得玩味。一枪一旗的春尖儿、表里如一的纯料儿固然趁口，但有时揉入一些别的山头、别的村寨的茶叶，喝起来却别有一种醇厚的滋味，甚至苍老的劲道。比如广受青睐的唛号为 7542 的茶品，它是由三至八级新老不同的茶叶拼配起来的，价格亲民，如储存得当，你会发现茶菁与野樟，花香与果酸，混搭得十分精彩，其清迈之气是简单的去芜存菁所不能比拟的。

但我说的识茶知人，不单指什么样的人喝什么样的茶，而且指什么样的人做什么样的茶。

我并不迷信茶界久负盛名的几大茶庄。"大益"、"郎河"、"澜沧"等出品的青茶自然是好的，可一些小厂小庄的茶品往往也大可人意。某一天，我喝到一款某个小作坊出品的"七子印象"，第一印象却实在不咋地。打开棉纸，只见黑乎乎一把粗放的干柴，揉搓成一个骨质疏松的茶饼，活像一个齿豁头童的老朽。凑近一瞧，粗枝大叶中竟还夹着点点嫩头芽孢哩，仿佛冲龄投军，队伍很不整齐。收罗起一些散落的碎茶，再瞅一眼，嘻，仍是几片茎摧梗折的枯草，就着滚沸的水，便多洗了两遍，却有一股模模糊糊的焦味冲出。端到唇边，呷一口，又闷又呛，中药味儿么？再一口，是一阵深绿色的燥香味，并不很像野樟啊？接着品，又出来一些个味儿，枯枝的荷香么？败叶的竹壳香么？怎么还有一种颓唐的参香呢？这么多味道浑成为一，让我喝出了一个历尽甘苦的支离故事。频频举杯间，彷佛看见一间废墟似的茶坊里，一架烟熏火燎的烤茶炉边，一个黝黑的老汉，一管土烟，一阵干咳，慢吞吞地倒腾着手中的家伙，抱起篮笼，倒入棚栈……

普鲁斯特说："我一生中没有一个时辰不在教我懂得，只有粗俗和错误的感知才把一切归于客体，而实际正相反，一切在于主体。"照这个意思，我一壶好茶喝半天，能缓缓地喝出一部层峦叠嶂的人生来，难道我曾历尽沧桑？普鲁斯特也太主观唯心主义了。在喝茶的问题上，我认为客观唯心主义比较靠谱。《晋书》和《世说新语》都记录过一个有关味觉的故事：

> 荀勖尝在晋武帝坐上食笋进饭，谓在坐人曰："此是劳薪炊也。"坐者未之信，密遣问之，实用故车脚。

荀勖的味觉妙到毫巅，能尝出这顿饭是用过劳死的木材烧的，但坏损的车脚烧出的劳薪之味究竟是何滋味，我却未必尽能体会。

前年夏天在三门海岛上的一户渔家灶头，我用两百块钱买得黑陶老壶一把，浑朴未凿，高古可爱。粗茶与糙壶，让我忽有所悟：田间地头，挥汗如雨的粗汉抱起大茶壶，咕噜咕噜淋着脖子灌下去。三口作一口，那才叫品。

2013 年 12 月 20 日

如是水晶

要打磨多少时间，让真理成为真理？
而女人却轻而易举，将笑靥
转动成一枚水晶，冷漠地
以光速切入你的内心。

你无法抵御这陡峭如刀锋的吸引。
她为自身的形式所洗练，

却从未停止对光芒的塑造。
浪抛与散失，聚拢并敛藏，
透过她的眼，你凝视自己。

莫非是对色的模拟与再现，
是空，对存在的过度阐释？
哦，她的内心有一座花园，
花瓣为永恒的露珠所亲吻，
红，黄，蓝，紫，如你所见。
又仿佛一场声色之娱的华彩篇章
你恣情，任性，迷信在
她柔软的本质中，并且领悟
你的所见之所见，只是空无。

当你试着去看，你看见了什么？
当你试着去听，你听见了什么？
爱被流水转动的声音，
义无反顾，粉身碎骨。

灰雀

我知道有些什么在那里，
当我倾听，发丝低垂……
在答案被灰雀的啼叫取代前，
我保持着闭目冥思的姿势，
以延缓嘈杂过快地侵入我的身体。
假如这寻绎与隐匿的游戏
将终我一生——
即当我老去不复存世
而它依然在那里，
那么将由谁来延续这冥思，
在下一只灰雀将这一切打破之前，
谁将得到启示？

猫

又是午夜时分，
像天使与魔鬼产下的灵异的婴孩，
长一声，短一声，尖一声，叹一声——
如此哀伤凄厉、
恣意妄为、声嘶力竭的，
天真与世故、本能与矫作、
从容与紧迫、长吁与短叹的，甚至

充满着怨愤的声音。

是浸淫于欲望不能自拔的感官呼应？
还是空闺怨妇寂寞灵魂深处的呼喊？
是天使的咏叹，还是魔鬼的梦魇？
更可怕的，它仿佛是介于多者之间的
一种人类的声音。

又像是
一种古老但从未失传的仪式，
黑夜中，那一对绿石的眼睛
许是祭祀时必要的神情？
悼念死者的灵魂，
或召唤生者的意志？
它来自喉咙，
更来自身体之外的一种驱使；
来自意识，
更来自意识之外的
一种奇异的矛盾与统一。

它是声音的宗教，
是专事诡异之歌唱家的
一种直透命理的表演。

天一亮，就隐匿，如散去的雾。
不是因为光明，而是因为黑暗。

但它只是猫。
人们无法将它与白天相联系。或许
这正是猫在白天之所以温顺娴静，
甚至慵懒的原因？
猫有九条命，我信。
但不要直视它的眼睛，
它并不想看你。
你只是它眼中的一条线状的
影子。

金鱼

读史库葛兰德摄影作品《金鱼的复仇》

是一尾鱼的一百种布局，
构成了一个梦境的实质？或者是
一百个相似却并不相同的碎片
以一群鱼的物质形式出现于
一个平面的梦境？
梦是真实的，值得怀疑的是鱼；
值得怀疑的是鱼，但游动是真实的。

男孩将睡眠折合成一个现实的直角，
把梦从虚构中释放出来，豢养于
透明如水的现实，
于是，一些尚未苏醒的游动

在梦的边缘被清晰地看到：

是金鱼又一次在他手中死去？又或是
女人酣睡的梦，游进了窥探者的视角？
梦是真实的，值得怀疑的是做梦的人，
他无法辨认睡与醒哪一种更接近梦境。

如果打开门，将丢失的
仅仅只是鱼吗？

为爱命名

给女儿朵朵

亲爱的女孩
我在今天早晨解开了系在心里
多时的疑虑——
如何照着母亲的样子
做一个你的母亲而不辱没母亲的名

母亲给我清晨被褥中静谧的阅读
和一臂之远的食物
给我清洁干爽的衣物和安逸的拿取
给我如同空气定律一般的
母亲的奉献定律
这一切存在于我未曾抬起头的视线之外

那无声流逝的万物之中
但是女孩
爱的形状不能复制

孤独的命运抚养了我的母亲
所以她懂得了温和地给予
就像最了解黑暗的是光
母亲像一盏灯
无论房屋的四壁
如何从斑驳走向精致
她依然挥洒出温暖的柔和
一切伟大都是平凡
我相信这光于我而言
将足以解释永恒的意义
但是女孩
没有一道光可以复制

人非草木那般纯粹：
阳光照耀，叶绿生成，而又凋零

除了身体之外我们更强大的传承

在于眉宇之上的细微差别

我不可能给你同样静谧的清晨以及

永远洁净的衣物

因为它们是形成我的光线

而每个人

都是不可复制的独立

我的光线

才是生成你的源泉

就像我的母亲

她没有给过我坚强的沉思

但我依然坚实地拥有了它

作为一个母亲其完整的意义

正由于我的生长而获得成全

我们所形成的正是她的缺失

所以女孩

我将给你的——

仅仅是光

你终将结出属于你自己的果实
至于我光的形状、质地以及生命力
全赖你命名
正如未来你的命名
也将赖你的子孙去完成

黑白相片

"就这张吧，人生最终是黑白的。"

她一辈子栖居的地方很小，
童养媳时的农舍，寡居后幽暗的简租房，
子女家中流动的单间，
居无定所的一生，看似稳定的漂泊。
而今，暂居白墙一隅，方寸之间。

一阵风自窗而入，拂过她的面容，
什么都没有动。
爱与恨，沉入悄然之中。

我伸出目光——
欲接住她静止的叙述，
像儿时的枕畔，暖脚的被褥……
但风已破门而出，她的光阴
无影无踪。

离歌

哦，祖母，我不让白色的花朵为暮色送行，
因为你的一生已足够洁净，我要给你玫瑰，
给你最鲜红的爱情，甚至给你最初的蓓蕾，
给你那未开放的、娇艳欲滴的另一个生命。
来世让我做你的祖母，将你绕在我的膝下，
我将把一生的美好都镌印在你少女的额上！

在灯光熄灭前离去

这一次
我在灯光熄灭前离去，
将落幕时那一浪浪掌声
和动人的告别陈辞
留在身后。

没有人会在乎一个剧场
曲终人散的冷寂，
那是一个帝王
热剌剌金戈铁马省亲后遗落的花园，
繁华过后，谁会在乎一个守园人的心，
如何从热切走向荒凉？

没有人会在乎一个倡优
含泪挥别后的炙热，
那是一个穿戏服入戏难，
脱戏服出戏更难的梦魇。
锣鼓声后，谁会在乎一位帝王
如何摘下王冠，洗出一脸沧桑？

何必感伤，何必缅怀那些虚妄。
在一个追求速度的时代，
请敲响马不停蹄的节拍，
我们被要求摧毁和建设同样的快。
走吧，在灯光熄灭前离去，
别拥在散场的人群里。

半枚欧罗上的旅行

威尼斯的维纳斯

如果你死心塌地爱一个男人，就别让他去威尼斯！

从汽笛声声的游船上下来，踏上连接码头的石桥甬道，再穿过一条喧闹的货郎集市，直到著名的圣马可广场，一路上仿佛全世界的顾长美女都特地招摇到了你面前，不为别的，就为了欺负你，就为了让你自卑。可我又如此爱她们，爱她们的美，因为这是比贵金属更昂贵、比玻璃更易碎的天赐珍宝。我想起旧作《NO I DO》，好像是为眼前而作——

> 她一出场　风便开始惆怅
> 立即以她为中心
> 世界展开了圆周的律动
> 男人的欲望　席卷其中
> 伴着莫名的懊丧
> ……
> 卷曲的发丛潜藏妖娆的密码
> 哦　这优柔的力量　罪恶的花
> 蹑脚的猛兽在她喷香的意志下
> 充溢温柔　而暴力涌动
> 有时只为倾诉衷肠

　　还记得那个穿着粉色鱼尾裙、蹬着细跟鞋、踱着S形走过一条长长街道的致命背影吗？在威尼斯，遇见一个像电影《致命伴侣》中的女主角安吉丽娜·朱莉一样的女人，那是太小菜了。

　　你看那，她提着一袭水蓝色及地长裙离开甲板，屈尊微笑着，接过船员手中的玲珑皮箱。不是金，也不是黑，而是一头似乎无须打理的褐色长发，任由亚德里亚海的风吹拂着，在她的颈畔与腰间恣意嬉戏。她一定是沃尔科特笔下的那个安娜。"让我们对着她的乳房发誓，她的眼睛清澈无比！"但她不可能正眼看你。即使她看了你，那一眼也纯属无意，因为她美得像真理，天性冷漠而高傲。谁对她有要求，谁就犯罪。威尼斯某一栋拜占庭式的水上别墅里，有可能正躲着那个静候着她的情人。

这位呢？咖啡色的棉布长衣一直延续到膝盖以下，一条同色且面料轻薄的长裤默默搭配着它，金色的齐耳短发之上是一顶咖啡色的贝雷帽，右肩搭着一个大大方方的咖啡色布袋，混在高矮不一的人群中，与女伴一边走一边闲谈。没有诗句可以形容她，因为她很可能就是诗人。当她出现在圣马可大教堂回廊那几根白色大理石罗马柱之间时，我惊呆了！很难判断我当时的心思，并没有理由怨恨啊，因为她遍体散发出的艺术气派并没有一丝张扬。当一个女人被上天赋予了美，又兼具这样一种自然到令人浑然不觉的品位时，作为同类，除了望其项背的怅然，还能有其他更体面的表示？哦，她一定来自佛罗伦萨，不久前才刚刚离开西尼奥列市政广场，也许是美第奇家族高贵的后裔吧？

还不够吗？难道我还要向你描述那个咖啡馆门口的黑衣女子吗？谁敢惊扰她那双神秘莫测的眼睛，仿佛掌握着一宗离奇宝藏的全部秘密。一种越轨的美，透过她指尖燃起的一团迷离烟雾，逼迫着你。

上面是石头，下面是森林。威尼斯，一座充满着魔法的积木之城。公元452年，当一群农民和渔民为逃避酷嗜刀兵的游牧民族转而避往亚德里亚海，并在水上建造了这座小岛时，谁也不曾料到它会迎来多少个世纪的辉煌，特别是十世纪建立了城市共和国后，逐渐成为地中海最繁荣的贸易中心。巴尔赞说，威尼斯岂止是美学的圣殿，歌剧的摇篮，它还是政治学的发源地，经济上的成功更不待言。就是今天的威尼斯，也仍以盛产珠宝工艺品、玻璃皮革制品、花边刺绣等女性奢侈品而著称全球。它的客运港，每年吞吐着三百万名来自世界各地的游客，这还不包括那些看上去比富豪更欢乐的街头歌手、流浪艺人。从这个港口出发的游轮，两天后便可在爱琴海的诸岛之间醒来。还有哪一座城市比威尼斯更吸引年轻美丽的女子，以及蹑踪而至的追随者？

圣马可广场群鸽翔集。我问导游：世界上最美的女人应该就在威尼斯吧？这位见多识广的台湾中年男子冷静地回答道：不，在俄罗斯。我信不过他，眼见为实。如果你死心塌地爱一个男人，就别让他去威尼斯！否则，就判他死罪！又假如，他借此执意要去俄罗斯，那么，就判他终身监禁！

带着自卑自惭的心情，我与另一位画家女伴王晓黎，行路时尽可能靠着屋檐，简直就差摸墙扶壁了。一边走一边感慨：文艺复兴中意大利为什么能诞生那么多美轮美奂的雕塑，使得人类发现了自身的惊人之美，可算找到答案了。艺术来自生活，力求高于生活，但事实证明它们从未真正地超越过生活。从古至今，她们伫立于华美的宫殿中，接受着世人的朝圣膜拜，以永恒之美的名义。而她们，这美之源头，一代一代，生生不息。她们有体温，有挣扎，有欲望。她们会爱，会流泪，会死。她们摄人心魄的肉身之美，让技艺高超的艺术家们唏嘘着跪倒，流着泪描摹，而她们甚至不关心永恒。你说，谁比谁美，谁又比谁更稀有，更珍贵？

导游告诉我们，与每年倾斜一公分的比萨斜塔一样，威尼斯水城每年也在一寸一寸地往淤泥与海水中沦陷，看一眼，少一眼，而很多本地居民已开始迁往岛外居住。又听说，断臂维纳斯之所以美，是因为雕塑家掌握了女性人体的黄金比律，即头部占身长的七分之一。

还好，这种概率想必我等还是可能企及的。用一杯咖啡的镇静，再加一趟贡多拉的逍遥，我们开始变得释然。在贡多拉码头我以并不昂贵的代价获得了两幅珍贵的艺术品，黑色的平面衬底上，以浮雕的形式凝固了一个芭蕾演员起舞的瞬间，一束幽蓝的光穿过她的身体，将她的美推向了绚烂和残酷。捧着它们，再次经过这一个被誉为全世界最美的圣马可广场时，我惊呆了——

广场中央，他在吻她。我看不清她的面目，是奥黛丽·赫本？是朱丽叶？是灰姑娘？只见上百只鸽子环绕着他们，扇动着灰白的翅膀，围着广场一圈又一圈飞翔。教堂的钟声响了，一圈又一圈向海域扩散，他还在吻她，一直吻，一直吻，仿佛要吻到永恒。

2011 年 8 月 14 日

罗马，当然是罗马

"我爱祖国，爱人民，就是不爱劳动嘛。"一位头发稍显凌乱的罗马男子，半倚在咖啡馆的门口，啜着一杯半价的咖啡，这样对我说。

罗马，是被历史宠坏了的一座城市。祖先留下来太昂贵的废墟，修道院、教堂、凯旋门、歌剧院、竞技场、大浴场，这些曾经出入过锦衣丽服者的断垣残壁，对于今天的罗马人而言，是一座取之不竭的文化银行。人们优游其间，哪怕再挥霍上一个千年，这份丰厚而不可复制的遗产也仍然受用不尽。所以，罗马是这个世界的落魄王子，只需要用忧郁而略带颓废的眼神朝你看上一眼，便足以将你的心虏获。至于什么持续的科学发展观，他完全没概念。相反，这位王子，时间越是推移他就越是富有。

　　说到意大利式的富有，又何止罗马。记得那次我在佛罗伦萨刚看过百花大教堂，当地导游带领我们穿一条小巷去餐厅。走到某个拐弯处，她好像突然想起什么来了似的，一回头，指着一面墙壁跟我们说："哦，对了，这里曾经生活过一位有名的作家，他叫但丁，写过《神曲》，如有兴趣可以稍微看一下。"我当场就要昏厥过去，为导游提及但丁的那口吻。急匆匆地，我和这位捎带着被介绍给我们的"有名的作家"嵌在墙壁中的半身雕像合了一张影。照片中，但丁的神情与我一样显得有些阴郁。我大约在为他忿忿不平。可是，我转念一想，拉斐尔、达芬奇、米开朗琪罗，哦，意大利的文艺巨匠实在是太多了。也怪不得导游对但丁都没有太上心。

　　同样，在罗马城，就连一块地砖都是活的，都刻着时间、生命。因此，就算交通再瘫痪，罗马人也宁愿在等待中损失一些货币，而不愿为了拓宽马路拆除一栋古建筑。有一个夸张的说法是，如果说中国的堵车高峰期分别是早八点和晚六点，那么罗马的堵车，是从早六点一直到晚八点。可即便如此，生性自由的罗马人还是喜欢驾车上班。堵的是马路，车内的空间总还是自由的。

　　但我没搞明白的是，随性到骨子里的意大利人为什么单单苛求于树的形状？在罗马的路边，经常可以看见一些叫不出名字的树，它们高迈的树冠被清一色修剪成了片片云状，一副循规蹈矩、品质驯良的样子。那么多树，那么高，需要付诸多少人力，用怎样的工具和刀法才能深入云端，为天空涂上这些绿色的云朵啊？

　　话说回来，不修剪修剪树木，王子又能干些什么呢？罗马人实在太热衷于涂鸦了！屋顶、停车场、垃圾桶，大的小的，立体的平面的，能涂的地方都不会放过，而天空无疑是最宽阔的画板。艺术家，在罗马是一种泛称。

如果流浪，我会选择去罗马。赫本银铃般的笑语、呼啸而过的马车、旋转的音乐木马、含着热泪的冰淇淋、阳光下的阅读者，以及白色的柱子、十字街头骄傲的骑士……"罗马，当然是罗马！"

在罗马，我第一次见到橄榄树，一眼就喜欢上了它那披披挂挂的样子。细密的叶片，长长的须发，这一身装扮啊，果然像极了一个流浪汉。它不事张扬，所以即便无处不在，你也不会觉得有多突兀。但它是美食里的艺术家。哪一位欧洲的大厨手边能少得了一瓶绿玉浓浆的橄榄油？

有人为了梦中的橄榄树而流浪远方，我流浪到了远方才看见了现实的橄榄树。

除了橄榄树，在罗马街头，经常能看见的还有怀里抱着一条狗的流浪汉。他们安安静静地坐在那里，行人经过时，有那敬业的乞讨者会将一只手淡淡地举在胸前。不敬业的呢？索性拿一本书看着，头也不抬，身前铺着一张平阔的纸，涂鸦着一些什么，连个像样的搁钱币的碗都没有。一副有钱没钱都要把日子好好过下去的样子。海涅不是说么，在意大利，只要能让自己活着就是惬意的。

让我印象最深的还是那位咖啡乞丐。

走过去的时候，我见他两眼漾着一团柔和的光，像布置体面的甜点橱窗中射出来的那一种，而脸上的微笑是取自沙龙客厅中某一位嘉宾的。穿着一身半旧的便西服，袖子随意地半挽着。怀里的狗啊，没有哪只动物能够那样的满足与幸福。它有太多的时间领受主人温暖的手掌的摩挲爱抚。我俯下身子，轻轻放下了一枚欧元，他同样轻轻地向我点了一点头，并特地为此加深了一道嘴角的纹线。

等我走回去的时候，那个位置空了。他和他的狗，挪到了马路对面的露天咖啡座。他在看报纸，他的狗正在品尝甜甜圈。不问可知，那甜甜圈是用我的一欧元埋的单。

真是又好气又好笑，都成了势所必至，理所当然了：米兰、热那亚在为罗马、威尼斯买单，德国、法国在为希腊、意大利买单，中国、印度在为欧洲买单。伊索寓言有个故事，说是冬天里，一只饥饿的蝉向蚂蚁借粮。蚂蚁对蝉说：你为什么不在夏天多种点，多存点呢？蝉回答说：那时没有工夫，我在唱歌。蚂蚁笑着说：如果你夏天唱歌，冬天就去跳舞吧！据说这个故事已经被改写：蚂蚁最后不得不借粮给蝉，而蝉在继续唱歌，蚂蚁也在继续忙碌，因为他们同在欧元区！

意大利人真的很爱祖国。编《意大利之魅》的莉萨女士说：意大利人对自己的国家比任何外国人都爱得厉害。这是个工人都会哼威尔第、引用但丁、对自己的午餐心满意足的国家。他们倾倒在祖国的魅力之下，很少到国外旅游。

意大利人也真的很爱同胞。超级意大利粉丝司汤达说：在意大利，一个工人跟一个千万富翁说起话来，就像跟另一个自己一样。这在英国让人难以置信。

但是他们也真的不爱劳动。至少南意大利人是如此。金黄的阳光，湛蓝的海水，把他们宠坏了。而罗马，一直是南意大利的起点。

罗马是被历史宠坏了。

但是往深处想，他们的生活方式真的就不正确吗？很有可能，他们才是懂得生活真谛的人。假如你去问街角那个拉得忘情的小提琴手为什么流浪，难道就不想成为一名真正的乐手，站到音乐厅的镁光灯下去演奏吗？他兴许会这样回答：如果我感觉够了，为什么还要那么多？

是啊！假如能长久地与自己和平相处，什么命运的公平不公平、世界的扁平不扁平，又奈我何？

让我们从罗马出发吧，沿着文艺复兴的道路往回走，回到古典主义，回到海顿之前，回到格里高利圣咏，回到高山、流水，回到故乡。

2011 年 11 月 7 日

瑞士那个慢

瑞士嘛，是挂在一个装饰得体的房间的墙壁上的一幅风景画。像一个已经完成了的理想，面对它，你会感到一种欲望消歇后的满足，只剩下叹息。又好像走进一座花园，所有的花朵都在你面前盛开着，每一片花瓣都完美无瑕，可惜的是，它们不会凋谢。

瑞士美则美矣，新鲜却不见得多新鲜，这就是为什么我回来快两个月了，现在才想到要说说瑞士，因为瑞士没有什么好说的。

进入瑞士边界的那会儿，天空正下着雨。雨线斜斜地敲打着车窗玻璃，轻快地将我从睡眠中唤醒。睁开眼，我仿佛看见一匹马，以梦幻的姿态出现在前方的坡地上。细雨中，低着头，尾部的鬃毛指出了风雨的方向。马的旁边是一幢棕色的小木屋。车开过后，我转过头，抢了一眼，还在那儿。哦，原来是真的！这样的图景一遍又一遍重复出现，渐次加深了这个现实空间带我的不真实感。哦，怎么像假的？

空中云朵的位置决定了草地的色泽是深绿还是墨绿，它们连成一片，起伏成青青的山脉，山脉的名字像神的儿子：阿尔卑斯。这四万多平方公里的国家完全被绿色统治。仅眼前这片海浪一般富有韵律的草地，就让人啧啧连声。更何况还有那连袂而来的湖泊，像神女脸上泛起的酒窝，深深浅浅，令人沉醉。人在车里，车在路上，可远观而不可亵玩，而路过也就是错过，平添人多少懊恼与感伤。

绿地、木屋、灌木、云朵、湖泊，当一些并不新奇的事物，以这样一种无限广阔的态势呈现在你面前时，你很可能会骤然间成为一个有神论者，相信这定是一片被神宠爱着的土地，是他携信仰散步的地方。

渐渐行去，像一串琉璃项链，一些彩色的屋舍一颗珠子一颗珠子接连不断地来到视线中，于是城市渐渐地露出了一些端倪来。

卢塞恩城，有花团锦簇的廊桥，有湖中美丽的天鹅，但我怎么也忘不了那只狮子的眼神。

狮子纪念碑是位于城中的一座负伤狮子的雕像，由丹麦雕塑家巴特尔·托瓦尔森设计。雄狮横卧在一块山体的石壁中，背上深深地插着一支箭，鲜血从伤口中流出来，表情痛苦，但前爪仍然按住了绘有瑞士国徽的盾牌和一支象征战斗的长矛。

它的眼睛，我好像在其他地方见过，也许是某一个悲伤的人？其中凝聚着忠诚与绝望，带给人的不是怜悯，而是内心的自我谴责。马克·吐温曾经说它是"世界上最哀伤、最感人的石雕"。

雕像是死的，但它的痛苦却活着。从它身旁走过的人，都能听见一个生命在垂危之际的哀鸣与怒吼，虽然这声音已趋于呜咽。从线条处理的节奏中可以看出雕塑家对生命细致入微的体察，以及在创作时内心的涌动。他极为成功地赋予石像以声音。

这个狮子纪念碑是为了纪念法国大革命时为保护法王路易十六及玛丽王后而死的786名瑞士军人而建的。石像的上方刻有拉丁文的一句："献给忠诚和勇敢的瑞士。"两百年来和平而中立的瑞士，曾经的大宗产品是雇佣军。好几个世纪里，他们可真的能打。

哦，你看，苹果树！

还没有进入瑞士，在那个像邮票一般大的国中之国列支敦士登，我们发出一阵惊呼。这个袖珍国家小到只有一个五十人的警察局，精致的王宫就坐落于一座小山上，在哪一本童话书的插图中见过。你喜欢的话简直可以偷偷撕下来，塞进口袋带回家。

但最令人崩溃的，还是一路上的苹果树。我没有见过哪个地方的苹果树，是这样慷慨地遍植于大地之上的。真好看呀！苹果树的树冠是圆圆的一丛，沉甸甸结满了一个个闪亮而诱人的果实，像《旧约·创世记》里写的那样。仿佛心智突然被一个寓言点亮，光芒像碎片一样纷沓而来，为了某种启示。我刚伸出手，想摘，又不禁缩了回去。

我想到了大观园里的晴雯，死后做了专管芙蓉花的神。既然凡人也能升级为花神，那么我的机会不见得一定没有。于是我对身边的旅伴说："我走不动了，就留在这里了吧！"旅伴指着街边的一架小火车说："好啊，我们乘着小火车去瑞士了，你就留下来当苹果女王吧！"

忧伤啊，七十二变的齐天大圣也不过做了一回弼马温，我又怎么能行使起夏娃的权利呢？于是，只得绕着苹果树唏嘘感慨了一回，就直奔瑞士去了。

但想不到，在瑞士，苹果树更变本加厉地多起来。

在瑞士湖边度过的这个夜晚，我忆中的一个良夜，下榻的酒店位于一片绿茵覆盖的坡地下方，在几步之外等待我们的，是一个巨大而平阔的湖泊。对岸，隐约可见一片山林，亮光点点。雾霭将眼前的一切都涂成了同一种蓝，天空、湖水和山林，就连灯火也被染成了星光的颜色。湖的那边，也就是湖的这边。周围种了很多苹果树，一副就等你去摘的样子。我已经不可能不先去摘一些苹果了——

这苹果树，这歌唱，这黄金……

我永远忘不了高尔斯华绥的小说《苹果树》的开头。现在，苹果树就在我眼前，结满了取之不竭的贪婪。好像树上的苹果越摘反而越多，不一会儿，红艳艳的，扑满了我的衣襟。

起初我们还东张西望左顾右盼，等到终于发现这里的人对待苹果的态度，简直就像山中人向远行者开放一汪山泉一样满不在乎时，才真正感到了自己的卑微。可毕竟是第一次摘苹果，到底还是新鲜。

苹果不算大，裹着露珠，带着一股酸甜，咬在嘴里，唇齿留香。第一口咬下去时我有点紧张。抬头望了望天，想看看云端有没有上帝窥探的目光。看不清，于是大嚼起来，连吃了四五个，觉得开了些心智，才心满意足的回房间，好好睡上一觉，祈祷明早醒来能在床头看见智慧女神。

这么多的苹果。我特地留了最先摘下的两个，一青一红，带回杭州分享。想不到有一条虫子，竟偷偷藏匿在红苹果中，偷渡到了我的国度里，我的生活中。

这里的人实在是太安静了。一条街上，一天下来也看不见几个人，似乎只有神出，鬼没，连家中的宠物都被调教成了惫懒的个性，极少出门。

那个晚上，我们一行人因光顾着摘苹果，错过了正常的用餐时间。那就宵夜呗。要是在中国，转眼间大家就会欢天喜地的围坐在大排档的日光灯下，胡吃海喝起来了。可这是在瑞士，这个好多好多年连首都也懒得弄一个的国家（直到1848年才定伯尔尼为瑞士联邦的首都），要敲开已经打烊的大门，让他们为你重新点燃熄火的炉子，恐怕不比叫他们做回欧洲的雇佣军更容易吧。

早知道当地饭店少，但没想到这么少。我们很快就悲惨地得知，方圆数里，只有无比珍稀的两家餐馆，一家已经熄灯，另一家找不着。

有人心存侥幸，提议找一户当地人家试试，看看能不能感受些许国际人道主义精神，哪怕赏几片烤面包，一锅热汤，都好。然而，尽管我们大闹天宫似的在一户别墅前，按门铃的按门铃，荡秋千的荡秋千，好一番折腾，也未见主人身影。大约过了二十多分钟，见我们还没有走的意思，主人才懒懒地拧亮了楼梯间的灯。一位颀长的男士，隔着窗玻璃，一边打着地老天荒的哈欠，一边用一口能淡出鸟来的法语，向我们询问事由。闭门羹算不算吃了呢我说不准，但好歹他为我们指出了另一家餐馆的具体地点。当然，找是找到了，厨师也已经准备下班了。

真是慢啊。瑞士就连时间也比中国慢上七个小时，慢到连死都要活活等上一辈子，因为联邦宪法禁止死刑。也大概是因为死不痛快，所以公民都很严格守法。报纸上国际新闻是不相干的国家们相互之间非理性的角力，国内新闻是鸡毛蒜皮的破事儿的唠嗑。犯人向狱警投诉最多的问题是当天播放的电视剧不好看。这叫人怎么提得起精神？太和谐，唉，没搞头。

这是一个心态多么笃定的国家呀！夏天摘摘苹果，冬天剪剪羊毛，滑滑雪。理想实现了，历史终结了，这世界没有瑞士人什么事了。他们只管造一些名贵的钟表，给地球上别的人类精确地计时。他们自己反而是用不着了。一万年太久，不争朝夕。

令我泄气的是，我们再快再快，怕是赶不上他们那个慢了。

2011 年 11 月 4 日

女神

这会儿，一个柳丝儿纹风不动的夏日的午后，我坐回拱宸桥边自己的咖啡馆，打开胜利女神雕像的照片和录像，正视、旁观、远看、近察，试图重现一周前在卢浮宫亲身领受的那旋绕在女神周身的风暴，然而，我的追述将何其苍白？

试想一下，如果你刚刚才见过蒙娜丽莎经典的微笑，又刚刚才度量过断臂维纳斯合乎黄金律的美，那么还有什么可以震撼你，冲击你，让你尚在五十米外，还没有步近中庭，就被一股扑面而来的风所裹挟？

因为突然，所以窒息。我相信人世间有一见钟情，却没有遭逢过一眼勾魂摄魄、当场气绝身亡的奇遇。毕竟女性与男性相比，看待异性的角度存在本质上的差异，我做不到第一眼即从外表断定自己能否全然接纳一个男性的一切。那就让我想象真爱吧，带有一定的侵略性的，类似风入穷巷与陋室，吹死灰，骇涸浊，扬腐余，席卷起枯枝败叶，于是通体敞亮，心头一阵阵寒噤。里尔克在《哀歌》第一首中写道：美，是一种你恰好能接受的恐怖！

就是这样，我被胜利女神吓到了——

她正面迎你，立于微翘的船头。右腿在前，臀部随殿后的左腿而略倚向左，从腿部肌肉饱满的线条，以及胸部凹凸有致的轮廓，你能清晰地感到她身体的重量如何均匀的囤蓄于此，囤蓄于这一副强有力但又不失女性柔美的下肢中，也正是这一完美的站姿，令女神巍然傲立了千年。

最令我心折的是女神的衣裳被海浪浸湿又被海风吹动的细节。双乳撑起了观者坚挺的性别意识，而衣裳 S 形的褶皱，以及顺致而下的沉坠线条，在不断地呼应有形物质与无形要素之间的绝对统一。那水与风与肌肤之间薄薄的透明感，甚至能让你感到女神潮湿的腹部透过冰凉的大理石，尚在呼吸。

从侧面看，女神张开的双翅羽翼分明，甚至能清晰地看出羽毛被海风剧烈吹拂后那略显凌乱的痕迹，听说运动品牌耐克的商标灵感就取自胜利女神翅膀的弧线，优美又不失雄健，意味着永恒的胜利与凯旋。据说她是为一次海战打败统治着埃及的托勒密而建，十八世纪被后人发现前一直耸立在萨莫德拉克勒边的悬崖上。

风从哪里来？我环顾四周。卢浮宫建筑样式古典，是典型的文艺复兴时期的建筑风格，规模宏大，内部装饰华丽。光线从穹顶圆形天窗中投射下来，柔和地打在这尊高 3.28 米的雕像上。胜利女神所在的这间中庭正好处于另外几间展厅之间，一条宏伟宽敞的阶梯高处，我不断地抬头昂视，仿佛她随时都可能凌风而去。

没有其他可能，这尊女神雕像的头部如果存在，她一定是正视前方，毫无畏惧。也许是出于大理石材质的原因，以及雕塑这一艺术手法本身对于平面物质处理的难度，我们发现所有的希腊雕像眼神所呈现的都是无物的圆形。空洞，所以包含一切。一种圆，一种自在的逼视，满足着观者内心的一切视觉要求。在游赏之际，卢浮宫的工作人员一直在向我们讲解绘画创作中透视法的要妙，以及这一技法对整个西方绘画艺术的重要性，这一点在《蒙娜丽莎》中得到佐证。眼神对位，即无论你从哪一个角度看画中人的眼睛，它都如同星辰一般跟着你，转。也可作唯心理解：你在看，所以她在看。

很多人拍照时喜欢将眼神回避于镜头之外，试图构建一种别处的风景重心。也有很多摄影师会说："来，眼睛看着我手指的方向，侧一点，再侧一点，哎，好！咔嚓！"殊不知，这 25° 或 45° 的美妙肖像中只有画中人的个体存在，而那一种风景是观者所浑然不觉的，因此，你，并不存在。

当然，我现在关于雕像眼睛的谈论都是空谈，因为这尊胜利女神，除了与维纳斯一样没有手臂，连头也没有。但是假如它存在，是不是又会生出更多遗憾？据说有很多后来者从艺术的残缺法则中深得了遗憾之妙。罗丹发现他的巴尔扎克雕像那只手过于出众以至于影响了整体的凸显，便挥刀割爱。我反躬自问，为了一首诗的整体效果，我舍得将那些最得意的句子轻轻删去吗？这一抱负何其悲壮。可又为什么不反过来，只留下一只手，让它格言般存在？

胜利女神的手果然都遗落乌有乡了吗？并非如此。就在女神雕像的右侧，展示着一只向上微拢的手掌，据介绍，经过鉴定，可以确认这只手掌的石质与雕塑本尊出自同一个岛屿（1863 年从萨姆特拉斯岛的神庙废墟中发掘出来）。馆中更有一张平面图，推断还原出了女神雕像完整时的样子：右手拿着一只长长的号角，与雕像的嘴部连接在一起，左手则握着一根无头的长矛，耷拉着垂下。就像男人最怕的就是女人对他没有要求吧，女神无手，因而把握了一切。老子说，执者失之；反过来，失者执之？我不赞成刻意破坏，也不认同拼凑历史。高鹗被人指摘了多年，而狗尾续貂的野心却一再上演，随着时间的推移，越发不成样子。

此时的运河已夜色旖旎，月亮似一枚自身的倒影，笼着水衣。七月十三夜的月亮，有一点不圆满，有一点缺憾，但是，很美。

2011 年 8 月 12 日

在英伦做一只蜉蝣

如果你没有一颗强大的心，就不要轻易走进大英博物馆。实不相瞒，自从那天我在大罗素广场上溜达了一圈之后，兴冲冲地迈进博物馆大门所见的第一眼起，便败了兴致："风"、"调"、"雨"、"顺"，四口青铜大钟如同四尊门神一般在中国馆的入口处压阵，他乡遇故物，这一字儿排开的架势，怎么看都有些灰溜溜的况味。于是，在随后的游览中要想重新恢复到一个宠辱不惊的普通观光客的本分，就比较困难了。

大约是导览先生的贴心安排吧，我们第一个去的就是中国展厅。琳琅满目、美轮美奂的中国藏品。据说，中国流失海外的文物多达一百六十多万件，大多数被西方世界的博物馆分头领养。大英博物馆是收养中国文物最大的管家，竟多达两万三千多件，以至于摆都摆不下，长期陈列出来的也不过只有两千件而已。商周青铜器，秦汉铜镜，汉代画像砖，北魏造像，唐三彩，宋瓷，元代的青花和釉里红瓷器，明代的掐丝珐琅……这么多凝聚着我们祖先智慧与心血的珍宝，是怎样被巧取豪夺，然后囚禁到这里来的？好比自家的孩子被拐走，或是自己养不活给了人，别人家锦衣绣服、好吃好喝地款待着，只等着远亲近戚们前来探望。只是彼此厮见时，实难分辨这复杂的感情是喜是悲。

不过，最当到此一哭的不是中国人。大英博物馆这位霸道的管家，不遗余力地替人保管了几乎整个古埃及文明。在这里，你尽可以一睹自开辟鸿蒙以来有关古埃及的所有辽阔而深邃的面目：威风凛凛的大型人兽石雕、举世闻名的罗塞塔碑石、神秘的亚尼死亡之书、拉美西斯二世胸像，以及各种碑刻、壁画、金玉首饰、镂石器皿，等等。五千年间的一切，如今都瑟缩于眼前的这一个埃及馆内，一幅幅想象中的遥远的胜景，像剪辑过的镜头一样，为给观者提供方便而进行了几何式的拼接与排列，甚至金字塔和狮身人面像这样的模型也都赫然出现在你眼前。至于大沙漠中的那几座真正的金字塔嘛，假如英国人当初铁了心要从埃及搬过来，大约也是搬得来的，要不是担心搬来之后放不下去的话。然而不服不行，那金字塔内的传说能锁住灵魂的木乃伊却被搬了来。像被历史玩输了的一场骨牌游戏，那些不可一世的国王、王后，那些骄矜任性的王子、公主，怎会想到在这久远的未来，被这样拘禁于一个个现代化的营房中，一个个狭小的棋格里。倘若女王克娄巴特拉的灵魂会在不列颠的午夜一遍遍醒来，那是因为她令自己一遍遍地死去。

让全世界的人到伦敦来花自己的钱瞻仰自己的东西，同时还要为贵国的这一份审慎而杰出的收藏精神持一份敬意，返程的车上，我一直在思考着这一"天下为公"的强盗逻辑的优越性，忽见伦敦上空黑云滚滚，给人强劲的视觉冲击，莫非是透纳的风暴来袭？揉一揉眼睛，终于看清了，不远处一场熊熊烈火正在吞噬着一栋摩天大楼。后来才从当地新闻中证实，那是索尼公司位于恩菲尔德的主仓库被伦敦的骚乱分子给烧了。我们到英国的时候，适逢伦敦多个地区发生袭警、抢劫、纵火等案件，警方大肆捕人，报纸上整版都是谴责一些犯罪行为的文章。看到这幅充满戾气的画面，我不免又想起博物馆的那四口大钟，"风"、"调"、"雨"、"顺"，唉，悟空早就说过，既是别人家的宝贝，到这儿自然就不灵了。

  当然，风调雨顺是个相对的概念。英国天气之糟糕，原本就是出了名的。据说萧伯纳有一次走在街上，对面一个老先生说："萧先生，今天天气坏透了，是不是？"萧说："是的。不过，十分钟里已经有二十个人都这样跟我说。我已经知道了，谢谢！"我们在伦敦的那几天，却是英伦最阳光的季节。伦敦的雨，伦敦的雾，都没有遇上，除了人为造成的烟与火。

  远远望去，西敏大寺，即威斯敏斯特教堂，穹顶太纤细了，线条也太繁复了。这是历代国王们行加冕礼、王室成员办婚礼的地方。关键它是大不列颠的名人堂，里面躺着这个国家历史上的许多名角儿。英国人自己不大提它，因为司空见惯。但外国人总喜欢到此一游，特别是十九世纪的美国佬，最仰慕祖家的历史文化，到这里朝觐是必须的。华盛顿·欧文写过，亨利·詹姆斯也写过，里面写的东西，跟我眼前看上去的没有两样。这也让我打心底里佩服英国人冻结光荣的本事。

  从大门进去，满眼都是精美的雕刻和华缛的纹饰，一点儿飞白都没有，有西洋人做事不留余地的味道，中国人看了有点闹心。那哥特式廊柱气势恢弘，窗顶镂刻的线纹格子拢住一个个挖出来的壁龛，里面供奉着列朝列代的圣徒。礼拜堂的座位旁，到处是盔甲、刀剑、大红大紫的旌旗。荣华富贵在这里被定了型，让人感叹多少人物，生前如何如何了不得，到这里也都消停了。宝座和坟墓，只有一步之遥。

  但我感兴趣的自然是里面的"诗人角"。教堂中央往南的甬道上，长眠着许多著名的诗人和作家。从六百年前的乔叟，到十九世纪的丁尼生和勃朗宁，都葬在这儿。中央是狄更斯，躺下去正好两百年。有许多大文人没有葬在这里的，却也有纪念碑在此，比如弥尔顿。莎士比亚有一座塑像，在这里提醒游人，没有他这里就不叫名人堂。

都是什么样的名人呀！牛顿、达尔文、丘吉尔，名人中的名人。亨利·詹姆斯说，这殿堂给我们的印象，可算是一家合股公司：

> 在它高高的拱顶，它幽暗的耳堂和小教堂下面，历史名人济济一堂。他们好像是具有所有权的一个公司，享有极高的声誉，不朽的威望，因为哪怕处在擅自闯入者的境地，也有某种安如磐石的气氛。在浓浓的幽暗中，当他们用雕像冰冷的眼睛，以墓碑确凿的身份向外凝视时，似乎把脸凑在一起，得体地审查每一个新躺下来的荣耀人物的资格，互相征求意见，对这位后来者该如何评价。

二十世纪后半叶以来，新人看来都不够资格入伙这家公司。最后一位入住这里的名人好像还是丘吉尔。大英帝国风光不再，唉，西敏大寺也后继无人了。

在英国，寻找自我矮化的机会比比皆是。

比如，坐一个小时的火车去伦敦西北郊的牛津大学游览半天，十有八九让你感觉自己没什么文化。这座十三世纪就建立起来的世界著名学府，盛产国王和首相，还出了将近五十位诺贝尔奖得主。沿着铺满鹅卵石的小路，走过那些中世纪教堂改成的一个个学院，教室和研究室爬满翠绿的藤蔓，都给人历史的悠远与文化的厚重感。相比之下，我们中国的大学校园，哪怕是二十一世纪投巨资新建的巨无霸，也给人"树小墙新画不古，此人必是内务府"的印象。

但那些浓荫遮蔽或高墙掩映的地方有太多的墓碑，斑斑驳驳刻着拉丁文或者英文，都是古老的花体字。学生坐在一旁读书，怡然自得，一点也没有与亡灵为伍的恐惧。我在威斯敏斯特教堂已经不断踩着墓碑走过，也缓释了我的罪孽之感。但设若在夜晚，我是绝不敢走近那些深林颓垣的。

就像凡到了剑桥，中国人就会想到徐志摩一样，经过牛津大学图书馆，我马上想到钱锺书，因为他把这个 Bodleian library 译为"饱蠹楼"。饱蠹楼的图书从不外借，钱锺书就到这里将十八世纪以来的西文书籍通读了一遍，边读边抄，抄了总有一麻袋笔记本吧。但现在介绍这个图书馆，却老是夸耀哈利·波特三部系列电影里都出现过它的镜头。人民大众不要奥斯卡·王尔德、T.S.艾略特、钱锺书、C.S.刘易斯，他们要的是 J.K.罗琳。

到了泰晤士河南岸小山丘上的温莎城堡，听到的还是哈利·波特和魔法学校。我第一念倒是想起莎士比亚《温莎的风流娘儿们》。但如今是什么世道了，哈姆雷特的名声也赶不上哈利·波特哦。

温莎城堡看上去像梦幻般的童话的场所，但这里最让人记得住的是爱情的佳话。1936年，英王爱德华八世为了跟美国平民、离了两次婚的辛普森夫人的爱情，毅然放弃王位，降身为温莎公爵，出走英伦，直到1972年其灵柩才重返温莎。世上人都喜欢"不爱江山爱美人"的风流故事，温莎城堡也因为这个名字顿时浪漫起来。

上上下下进进出出，无非是女王的餐厅、客厅、舞厅，还有藏厅。

再就是茵茵的绿草坪，尖尖的塔。但我最喜欢的是守卫城堡的皇家卫兵，一个个黑制服上镶着红条子，扛起枪，走起路，腿脚抬得老高，像极了玩具木偶。英国人是世界上最讲究仪式的民族，他们神闲气定地不时弄一些排场出来，把现代与古代结合起来，让现实与梦幻结合起来，吸引全世界的目光。

他们还很好地把乡村和城市结合起来。这是我下榻伦敦郊区的乡村酒店最深切的感受。

华盛顿·欧文在《英国的乡村生活》里写道，如果你只见过城市里忙忙碌碌心不在焉的英国人，就只能见到他们性格中冷酷的浮面。你应该到乡村来：

> 英国人到了乡村里，他那天生的情感就有自由发展的机会了。城市里的那些冷漠的形式和死气沉沉的礼节对他不再生效，人也欣然获得解放了。他抛弃了城府深藏的羞怯和矜持的习惯，变得快乐而活泼。凡是文明社会的高雅生活和便利设施，他仍可设法保留，可是文明社会的种种约束，他可以置之不顾。……英国人对于土地耕作和所谓庭园风景的情趣，无人能够匹敌。大自然的美，最为娇羞而不可捉摸，可是英国人有办法捉住它们，而且似乎有魔法一般，把它们分布在自己乡村住宅的四周。

但英国乡村的黄昏是忧伤的。英国散文家威廉·柯贝特在《射手》

一文中说："这时红日已经西沉，而在这种地带，太阳一落黑暗便几乎立即降临，其来之速超过火熄而更像烛灭。"当我坐车行驶在英国乡村的驿道上，在那超过火熄更像烛灭的时分，深感美是一幕孤独的剧情，让人黯然神伤，又倍思远人。傍晚，我点燃了旅舍中所有的灯盏，以避开黄昏走向黑暗的忧伤。因为乡村风景中，最美最压迫人心的是傍晚。我最爱又最怕的也是这个时辰。

2011 年 8 月 20 日

下江南

　　生性怠懒的人只擅长浮想，镇日幽囚面壁，行动力却不强。江苏离浙江很近，开车时油门只要稍加一脚，也就过去了，我长这么大却愣是没有去过江苏。前些年光顾着求真务实，专干些有用的事，对这种务虚的游荡不归，无用的流连忘返，很有点看不起。如今虽不至否定从前，但也逐渐开始懂得，光阴易逝，须得珍惜，须得一寸一寸地把玩，以虚度的方式。

　　今年的"三月三诗会"，从江南曲水流觞到了东海。此番江苏行，正是借了参加这个诗人节的美契。恰逢烟花三月，何不从流飘荡，

沿大运河巡游一番？东海在徐州和连云港之间，所以我就乘高铁先
到徐州。这江苏要么不来，要来就索性一竿子扎到最北端，然后再
由北朝南，一停一停地往回走，徐州、东海、连云港、淮安、高邮、
扬州、南京。这一路线，跟康熙和乾隆保持了高度的一致，历史上
都把这种玩法叫作下江南。只是我跟他们有点不一样，从南京就直
接回杭州了，还是乘高铁。想去苏州没时间。不去也对，这叫留有
余地，因为好事也不能做绝呀。

徐州的树

　　江南的现实太梦幻了，梦反而失去了梦味。坐在高铁上看粉嫩
的春天，就是再现实的人也会变得绵软、腐朽起来。旷野互为赝品，
不断复制，蓄意制造幻境，仿佛新娘的摸手游戏，令人目酣神迷。只是，
是与不是，你都带不走她。从南至北，长江流域的风物差异中最惹
人注意的是那水气里的房舍。杭州近郊宝塔糖式的房子，不中不西，
非驴非马，是最别扭的美学。北方的房子，却基本上吻合我对古代
耕读人家的想象，一面白墙，几处篱笆，隐约在丛丛寒树中，只恨
人在车上，看不十分真切。

　　到徐州的那天，天是灰的，墙是灰的，树也是灰的。我喜欢灰，
中国灰。灰是介于水与墨之间的颜色，是化开了去的那些个什么，
里面有中国人的大悲哀，也有小情怀。

　　整个冬天，我都沉溺在以大量的灰色为背景的树之魅惑下。前
世的身段与细节，此时它们已统统忘却了，在这凋敝的季节里，所
有的落叶树木都归属于同一科目：黑树。光秃秃的黑枝桠，条条直

直地戳向溟蒙的灰色的天空，有一种特殊的神力。我一看就能痴上几个小时。纵然一到春天，我也喜欢那满树翻起的绿浪，但顶喜欢的还是树的现在这个样子。为什么我会对这样一个冷峻萧疏，甚至有些怪异的形象如此痴心着迷呢？莫非透过这脸色铁青的硬汉，看出了他身世中隐藏着的某些东西？

树永远是季节的主角，远远把花比下去。我在徐州街上看到的梧桐树就是一帧帧运笔急促的素描，沙沙沙随意图画，最投合我这样粗心大意的人。又只在树的骨节处多圈上几笔，好像中年人的布灰色的心事。不过最难受的还是那几片落不干净的叶子，早已枯寂了，何必勾连枝头，徒惹心悸呢？

东海的水晶城

年年的诗会，一样的人到了不一样的地方，就有了不一样的诗。东海的诗是水晶。我在《如是水晶》一诗里写道：

> 你无法抵御这陡峭如刀锋的吸引。
> 她为自身的形式所洗练，
> 却从未停止对光芒的塑造。

每到一地，逛市场总是最有人味的事儿，而逛水晶市场更有了女人味。东海的市场里据说没有假水晶，只有成色不等之分，最坏也就是晶粉制品，那也算真的吧。比那施华洛斯奇强多了，那全是玻璃。

到市场外的地摊赶集，我淘了几个泪坠子，一个红枫，一个红珊，一个给自己，一个给闺蜜。我是一个冷色主义者，这两个暖红的项链坠子是有缘偶遇的。不过，走不几步，又挑了两个幽冥的紫色，抵冲一下，一个给自己，一个给老姐。在地摊上转悠久了，想想不好意思，又拐进市场里，选了两个紫金石的手镯，一个给妈妈，一个给奶奶。

有一种绿纹理的水晶，名字特别好听，叫绿幽灵。但我与它没有缘分哪，一整个下午也没撞上一件。倒是宿命般地又看中一枚蓝色的托帕石。那种蓝，蓝得一见钟情，蓝得有一种忧伤的明澈在里头。取自天空，湖泊，或一个忧伤的人的眼睛。

从来自青藏高原的诗人贺中的戏剧化成分极高的胡子，我判断出他的见多识广。他夸我眼光好，我很高兴。宋琳的眼光也肯定是好的，因为他也夸我眼光好。所以当舒婷问起我的收获，我便得意地拿出蓝宝石来给她瞧。她只瞧了一眼，就说不好。我问为什么不好，她说这是印度的，不是东海的，所以不好。我一听即刻心悦诚服。这回只得夸赞她识货，眼力好。不像李笠和潘维，买来的水晶被大家一致针砭为比较没有章法。

在回去的车上，在一群业余珠宝鉴定家的七嘴八舌中，我睡过去了，做着红、黄、蓝、紫的水晶的梦。模模糊糊地想：水晶真的像人一样有记忆吗？那么人会忘记的那些部分呢，它也会忘记吗？

浩渺连云

云在网络语言的意思是 N，是无数，是浩渺。诗人欧阳江河为画家何多苓写评论，题目叫"当代性能获得浩渺吗"。这句话本身，足以让人云议一番而最终不知所云了。但连云港绝对有当代性，而且真正获得了浩渺：它东濒黄海，与朝鲜半岛和日本隔海相望，是陇海铁路的终点，也是亚欧大陆桥的东方桥头堡，那一端对接的点，据说，是阿姆斯特丹。

然而，连云港我没有时间停留，它留给我的记忆就是在苏欣汽车站转车时，花四块钱在小推车上买了一根潍坊大萝卜。学薛蟠来比划，是这么粗、这么长脆生生的鲜萝卜，亏他怎么种出来的！而且，头一回见，那肉是绿的！只知道有件宝贝叫翠玉白菜，这件竟是翠玉萝卜了。咬一口，好脆，好甜，水分饱满，凉丝丝的直沁到心里去。哎呀呀，这哪里是蔬菜，这就是水果嘛。我要是每天能吃上一根潍坊的翠玉大萝卜，那该是何等福分，连薛蟠都怕折了的！

淮安与文人菜

"汤沟是什么意思？"

"汤是热水，沟是河，汤沟大概就是温泉河。"

"那么，双沟呢？"

"双沟，就是两条温泉河。"

"哦，聪明！"

旅人有一搭没一搭地扯着，不觉间就到了淮安。

淮安是大运河的南北分界，是漕运枢纽。杭州有运河广场，淮安也有运河广场。杭州有拱宸桥，淮安也有常盈桥。只是这两座桥实在没什么可比性：拱宸桥四百岁，常盈桥三岁。这常盈桥原来也是一座石拱桥，只是中间耸起了一个玲珑的廊楼，像一名着复古装的女郎，透着股时髦劲儿。来到桥边已是华灯初上。作为拱宸桥的小半个主人，我颇有一点自负地踏着石磴子走到桥顶，笑盈盈地拍了几张照片。

淮安现在的淮阴区、清河区原来是淮阴，楚州区原来是淮安，楚州叫不响，最近又改回叫淮安去了。待我弄明白这些，也就顺便明白了什么叫折腾。从清河区打车十几公里路去淮安区，我要看的是运河总督部院。到了才知，绿漆漆的大门里演的是一出空城计，因为院内连一片断垣都没有，只剩下薄薄的两层地基，标注着历史的痕迹。对面的镇淮楼倒是更古，据说宋朝就有了，果然身世沧桑，连阳光到了这儿都有一种平白无故的索然感。楼下墙外，挤满了扎堆下棋的老人，个个都有点犬儒主义的味道。

我顶喜欢吴承恩故居那个小小的院落。满以为怪力乱神、花妖木魅的《西游记》作者定住在怎样光怪陆离的山窟里，却不料是这样一个平常清寂的所在。一口井，几株树，一些闲置的器物。宁静，平和，属于贫贱夫妻的那种，却不料里面的静者，已经驾着筋斗云大闹天宫去了。

一通走街串巷，好容易等着了一个满满当当的饥饿感，那个珍惜啊，是断不肯含糊其吃的。捧着一副辘辘饥肠，欢欢喜喜地走进清江闸旁边一家人气很旺的馆子，叫震丰园。果然是百年老店，光看看服务员那沉稳持重的作派，就够你好一顿消受了：缓缓摇头，慢慢摆手，懒懒张嘴，这个嘛没有，那个嘛也没有。但也因此可以咬定：这家馆子，好吃无疑。

一碗软兜，一百二十八元！就这黏黏糊糊的名字，也值？可当我把一挂子软兜放进嘴里，只会说两个字：好吃！还有那比我伶牙俐齿的人，也就只会说三个字：真好吃！反正再多也多不过四个字了吧：太好吃了！所谓软兜，就是一条条嬉皮拉塌的小鳝鱼。除了一点子姜蒜外，整碗都是明晃晃的油，再不下其他辅料了。香浓不腻，肉嫩且滑。相比杭州奎元馆盖在面条上的那几片装饰性的鳝片，淮安的软兜虽软，却瓷实得紧哪！扑扑满的一碗儿，精黄黄的条杆儿。数一数，该有三四十条小鳝鱼吧。

淮扬菜果然是文人菜。蒲菜是第一回吃，别的地方也吃不到。这是蒲草的根中抽出来的茎，像葱白又像韭黄，适合清炒，吃起来很清秀。最有文人范儿的是菜汁豆腐。玉白的豆腐，浇一层青滴滴的菜汁儿，那一分简朴与精致，在宾馆里的画报上看到我就已垂涎了。端上来一瞧，咦，怎么只有豆腐白，没有菜汁绿呢？一问，改了，偷工减料了，有点煞风景。搁在古代，好比文人不穿长衫。放在现代，就是教授不戴眼镜，竟穿一条运动短裤哪！

沿着古运河

近些年，关于大运河曾闹过一阵意见，尤其是杭州人。杭州人对于把叫了一千年的"京杭大运河"改名为"中国大运河"很有一点脾气。然而，到了运河的这一段，我从心底里认同了这一变更。京杭固然是一个明晰的地理标签，而中国才是所有啊。

树的大阵仗是在淮安至高邮傍着运河走的公路上。那排场，压得我没有办法呼吸，稍活过一点生气来，也只是问身边的人："请问这叫什么树？为什么这么好看？"身边的人大多也都痴了，呆了。

那些熟视无睹，呼呼大睡者，我只当他们个个都是本地人。目前，从我能掌握的不可靠的讯息来看，它们大约是杨树和水杉。但是水杉的树枝太密了，不及杨树干净利落。

坐在公共汽车上，我在左边，树们则炫耀在我的右边。近景一排，绵延不绝。远景一排，绵延不绝。中间流淌着那条亮闪闪的中国大运河。太阳就要掉下去了，只差一点。在远处的枝丫间。一会儿俯在这棵树上，一会儿又隐在那棵树间，徘徊着，张望着，仿佛一位年迈的将军，舍不下奋斗了一生的旧沙场。诗词曲赋太矫情，水墨画卷不够长。想来想去，还得感激古往今来的种树人。

水域中偶见几处围合的渔网，矮矮地支在那里，也不知做什么用场。养鱼、植藕，似乎都不十分像，倒是有三两只疲倦的水鸟缩着脖子，在上头歇脚。清咣咣的渔网，漾在粼粼的水光里，远远看着烟雾一般，像古时候大户人家用来糊窗的软烟罗。软烟罗有秋香、松绿、银红几种颜色，这一种该叫雨过天青吧？只是不知为何，看了让人感到一种难言的哀愁。

货船一艘一艘，继往开来。波浪一绸一绸，伴着船家拉响的笛声。岸上的人也许永远都无法知晓水上人家的日子。无论是男人还是女人，运河里的弄船人一摆手，一呼喝，没有一个小气的。我倒是在想，他们上岸后会是什么样子？也会卖上一筐鱼，换上一坛新酒，再腌上一腿子咸肉吧？

水鸭那个 High 啊！大船一过，只见鸭儿党一个个惬意地骑在那一排排绿盈盈的波浪上，让我想起驱车疾驰过西湖杨公堤的一座又一座拱桥时瞬间失重的轻狂与自在。不幸的是，再往前游，就是高邮了。高邮最著名的特产是麻鸭和双黄鸭蛋。

汪曾祺的高邮

汽车驶进高邮正是黄昏，一偏头就看见了一轮橙红的夕阳，犹犹豫豫地半坠着，虚障在一片云里，好像一只散了黄的鸭蛋。

其实，最不事张扬又好吃到令人绝望的，是高邮菜。打听到琵琶路上多酒肆，于是摸黑寻访，结果误打误撞，拐到了烟雨路上。这几条路的名字就够风雅了，吃不吃都是称心的。头上第一家，"尚品居酒楼"，就它了。

想起淮安到高邮途中那一伙无忧无虑的鸭儿党，实在不忍心再点鸭汤，便取鹅汤而代之。喝下第一口，我只想曲项向天歌了，可惜没词，只好凄厉地老调重弹："太好吃了！"

还有酸菜豆腐，也是美妙至极。按说江南不缺豆腐的好做法，可这碗平易近人的酸菜豆腐，好吃得让人肃然起敬。就城市来看，高邮并不算讲究，但因为有了这碗酸菜豆腐，远远近近的灯红酒绿也顿时黯淡了。

就这么小心翼翼地吃撑了，步行回去的路上，我突然想到，自己这会儿岂不像只灌汤包？

人还没到高邮，就知道了高邮的很多事儿，当然是仰仗汪曾祺了。所以，既然到了高邮，汪曾祺的故居是一定要拜访的。街叫新河边，巷叫竺家巷。三轮车夫一阵猛踩，就停在了一块写着"汪曾祺故居"的门牌前。想是来这里的人多了，邻居也都成了导览了。一位妇人走过来，好意地说："敲敲门，在里头呢！"

在里头？谁在里头？看门的人吗？及至有人开门，才知道原来这位体态微丰的中年女士竟是汪曾祺嫡嫡亲亲的妹妹。像，真像！就像汪曾祺的小说《受戒》里写到的小英子，和她娘"是一个模子里托出来的"！

不一会儿，妹夫金家渝也从内屋出来了。夫妻俩让坐，看茶，情到，礼周。翻开茶几上的留言册，满是到访者虔敬的题词。再看墙上，贴着几幅汪曾祺先生的画作。有小猫、小鸭、粉荷。还有紫藤。哦，"紫藤里有风！"

"紫藤里有风。唔！你怎么知道？花是乱的。"这是汪曾祺小说《鉴赏家》里的几句话。汪曾祺的小说像散文，散文像说话，语言纯净，文体简单，一种"口角儿很剪断"的简单。他笔下的一切都是淡淡的，就连恨也是淡淡的。然而，他留在书里的葡萄、蛐蛐、天牛、佛手、菖蒲、栀子花，还有柳儿风、茶馆、和尚、果贩、画师，以及形形色色的街坊，都让人过目不忘。对我们活在其中的这个世界，汪曾祺真是喜欢呀。

攀谈了一阵，几个人便站在小书房里留了影，背景是一帧汪曾祺先生的黑白照片。

从汪宅出来已是下午两点多光景了，早饭吃得晚，中饭忘了吃，于是探头探脑地想寻一家馆子，填一填肚子。果然是大作家的街坊呢！一家家馆子大门敞开着，伙计们有时间摸脖子、剔耳朵，就是没时间烧东西给人吃。赔笑脸，说好话，接连拜求了好几家，都不得待见。有一个男人，无事可干，竟拿着拖把逗狗玩儿。一把子扔过去，吓狗一跳，抽风似的撕窜开去，这男人就咯咯咯笑。等那狗灰头土脸地回来，他又去拿拖把……怪不得汪曾祺的小说里有那么多人物，不紧不慢，有滋有味，就那么活过一辈子呢。

不过最终还是吃着了。红烧汪刺鱼、虾仁扒干丝、韭菜炒螺蛳米，还有一盘青菜。家常的至味。

扬州梦

去江南叫下江南，都这么说。去扬州呢？有叫上扬州的，有叫下扬州的，令人无所适从，只好不上不下地就这么去了。

扬州八怪的纪念馆真迹全无。墙上的印刷品还远不如画册里的清晰。但来时经过的小巷里，那株苍劲到只剩半空的老干的槐树，却很古，古得很。那是从唐人传奇《南柯太守传》里就有了的。淳于棼，少游侠，"家住广陵郡东十里，所居宅南有大古槐一株，枝干修密，清阴数亩"。有一天喝醉酒，他就做了一个梦，梦见自己成了大槐安国的驸马。"梦中倏忽，若度一世矣。"抚摸着疙疙瘩瘩的树身，我想，扬州看来最适合做梦了，淳于棼有南柯一梦，杜牧也有"十年一觉扬州梦"。再回头，望一眼半空的树身，好像心里有些什么，细想，又没有了。

但最梦幻还是烟花三月的瘦西湖。从扬州八怪纪念馆出来时，天空正飘着茸茸细雨。走过几座石桥，经过几扇红漆大门，就到了瘦西湖的正门。毕竟是正版西子湖畔来的人，对瘦西湖这样的缩水版原本是不大提得起兴致的。但是进得门来，走过一程，渐渐我就不言不语了。面对这满园春色，眼睛都不够用，还有余力品头论足么？但见眼前玉树迷烟，繁花照水，袅娜温润的瘦西湖啊，像是只有一掐儿小蛮腰的骨感美人，仿佛染上了桃容与柳眼，让人消魂。

这瘦削美人的瓜子脸上，定有一颗朱砂痣吧？在哪儿呢？我灵光一闪地想。

走，找个地方吃茶去！有朋友边走边打趣道：今儿在这样的地方，如果能听舒羽抚一回筝就好了。我心想，哪有这样想到就能做到的便宜事？又记起小时候我拥有的第一架古筝便产自扬州，就顺口答应道：若是有筝，就弹给你们听。不料，刚走过一座鲜艳的赤阑桥，踏入一家茶肆，就前事注定一般看见一架古筝，大模厮样地横卧在一扇花格窗下……

游了大明寺和平山堂，在一个额上题着"文章奥区"的圆洞门前斗胆照了张像，就去了个园。个园也极是合我意。修竹万竿，整个一潇湘馆，可以"独坐幽篁里，弹琴复长啸"。再说，昔日的园主和姑苏城的林老爷一样也是个盐官。这踞石而坐、倚竹而息的日子，于我就是一个梦啊。更别提与个园相邻的一片仿古街区，有一个绮丽的名字：花局里。我在心里默默地记下了这三个字，将来必与我有一番文字因缘的。

南京，南京

毕竟是六朝古都啊。扬州有唐槐，南京的东南大学校园里更有六朝松，让杭州吴山上的几十棵宋樟辈分低了下去。又听说南京的鸡鸣寺好，没想到夹道欢迎我们的竟是樱花，白茫茫一片花海，开得那么澎湃，像青春合唱团，又像沸腾的浪儿沫，席卷云空。

不过印象最深的，还是鸡鸣寺院后边的那一段古城墙。半面古刹，半壁江山。你的手掌可以直接触碰到历史的沧桑与雄伟。时间在这里定格。上面的每一块砖上都刻着工匠的名字，深深浅浅，斑驳依稀，刻着古人对时间、对名誉的珍惜。

从古城墙上走，顿时起一种衰草荒烟之感。南京的大气，在钟山，在长江大桥，更在这朱洪武留下来的明代城墙上。沿着城墙上走过去，可以一直走到中山陵景区。中山陵地图上看着不远，其实不近。于是从城墙尽头下来，上了一辆出租车，嗅觉灵敏的司机只让我们搭了十分钟，便中途放下，说是车太多，不如步行快。心里虽觉得这很不地道，但也因此与真正的风景撞了一个满怀。

在琵琶湖一带的步行道边，从天骨开张的法国梧桐的行列之外，一株极高的白玉兰吸引了我。就那样随随便便地站在一片杂树林里，不可思议地开着满树白花，像拿了白孔雀毛掐了银线织的大裘，从树端哗啦一下铺散开去。白玉兰并不鲜见，但每次现身，总给人一种突如其来的惊艳感。你走向她时，却仿佛是她在走向你。《癸辛杂识》中称它为玉圃，也说"奇奇怪怪，不可名状"。每次看到玉兰，我总会联想到无花果。一个不开花光结果。一个光开花不结果。一个来自天堂，来自伊甸园。一个从来在人间，永远在人间。

走过明孝陵梅花山，春光那个铺张啊！西湖的孤山、灵峰，余杭的超山，都是赏梅的好去处，但记忆中还是比不上这梅花山的热闹，红的像桃花，白的像梨花，红红白白的却只像是梅花。

一直走到中山陵，却再也没有气力上去那百十级台阶了。要知道，我们是从鸡鸣寺一直走到这里来的。富有万里，贫于一寸。为山九仞，功亏一篑。晋谒国父的主观愿望是强烈的，可是腿软。

"你对孙中山有什么成见吗？"

"没有啊！"

"那你想不想吃盐水鸭？"

一个无厘头的饕餮之徒，用口腹之欲消解了百年中国的宏大叙事，令人啼笑皆非。

秦淮河想去而没有去。那条胭脂河据说已经布满了铜锈，不去也罢。留一个空空的念想，也许好过一个满满的失望。我只是偶然从四牌楼旁经过，那儿有一座云锦博物馆，金碧辉煌的牌楼上，镌刻着"江宁织造府"几个大字。哦，这就是曹雪芹祖居之地，康熙六下江南，大约有四次是在这儿下榻的呢！

像袭人开门被宝玉踹了一脚，我在牌楼下面照了一张相，以一种被历史贯穿了心窝子的感觉。

2012 年 5 月 1 日

富春江：黄公望的水墨粉本

我大约可以称得上是一个水的深度结缘者了。生长在富春江边，又生活在西子湖畔，这"奇山异水，天下独绝"和"水光潋滟晴方好，山色空蒙雨亦奇"的恩泽江湖，注定要充沛在我的生命中。

然而，在黄公望深远苍莽的视线之外，我和江畔的许多居人一样，心中都珍存着一幅属于自己的富春长卷。于我而言，回到富春江就等于回到时间的彼岸、世界的原点，就等于从《富春山居图》的逶迤长卷回到一滴水明澈的内部，一根瑶柱发出的清越音响。

记得二十多年前，父亲带我去拜访一位深谙音律又深居简出的琴师。只见幽暗的屋子中张着一床七弦琴，琴前坐着一位古貌温颜的老者。肃然的气氛中，年少的我觉出了一种因陌生而产生的距离感。于是，似闻得一股淡淡的墨香，余皆空白。直到我的手指轻轻触碰到了那根细若鱼线的幼弦，只听得一记清透的滴水声自某处传来，在我心上敲出了一个激灵。好像我的手指被施了魔法，好奇之下，又顺着丝弦抚弄了一回，心旌摇曳如行云流水。我就此开启了音乐的学习。

江南人近水，对一切与水有关的事物都备感亲切。江南丝竹，在苏锡常杭嘉湖一带的民间流行了已经一百五十多年。水边人家，男男女女，老老少少，早晚都爱聚在一块儿演习乐事，吹拉弹唱。富春江边，除了如南朝吴均《与朱元思书》所说的，"泉水激石，泠泠作响；好鸟相鸣，嘤嘤成韵"之外，更兼墟落人家的竹肉相发，弦歌不绝。

黄公望说："若无题目，便不成画。"在古代中国，文人画的核心观念是诗、书、画的三位一体，其特点是出于自然，表达主观感受又重在寄意。这让我想到古人的琴，从音声求意，以含蓄为美，讲究弦外之音。黄公望的《富春山居图》，以书入画，追求笔墨的疏野淡泊之美，被推为文人画的代表作。在笔意清润的《富春山居图》中，在高山与流水间，在诗、书、画外，我分明听出了"如闻流水引，谁听伯牙琴"的叩问。

好友杨维桢曾经这样形容黄公望："道人卧舟吹铁笛。"另一位好友杨瑀也提到过："一日与客游孤山，闻湖中笛声，子久曰：'此铁笛声也。'少顷，子久亦以铁笛自吹下山。"大痴道人黄子久原来也通音律！像《富春山居图》这样的画作，具有绝对的不可重复性，非深谙乐理者不能为也。可见，除了为远离尘嚣的隐士排遣烦忧，音乐对黄公望简远逸迈、苍劲雄秀的画风，亦当有"畅神"之效吧？

> 一折青山一扇屏，一湾清水一条琴。
>
> 无声诗与有声画，须在桐庐江上寻。

这是清代诗人刘嗣绾的诗句，可谓对富春江边淳美风俗的真实写照。桐庐江即富春江，它与新安江同为钱塘江的上游，而新安江发源于安徽黄山，流经淳安、建德两县，从梅城三江口一路向东九十里，来到桐庐，再流入富阳，名曰富春江。

吴均《与朱元思书》的确是一篇藻思绮合的美文，但在基本事实上却犯了个错："风烟俱净，天山共色。从流飘荡，任意东西。自富阳至桐庐一百许里，奇山异水，天下独绝。"桐庐在上游，富阳在下游，要"从流飘荡"，应当是"自桐庐至富阳"。他记错了，搞反了。但这位清新流丽的诗人文中流露出的避世之志，在这绝美的山水之间，却显得那么自然："鸢飞戾天者，望峰息心；经纶世务者，窥谷忘反。"

说到归隐，不得不提到东汉时期一位著名的隐士严子陵。中国历史上，有几位以什么都不做而享大名的人物，柳下惠是一个，严子陵是另一个。公元25年，刘秀击败王莽，建都洛阳，是为汉光武帝。登基之初，他思贤若渴，想起自己昔日同窗严子陵，于是备车遣使来聘，恳切希望能够相助为理。严子陵说："士故有志，何至相迫乎？"刘秀倒也大度，叹息说："子陵，我竟不能下汝邪？"有一天晚上联床夜话，严子陵居然将大脚伸到了刘秀的肚皮上。"明日，太史奏客星犯御坐甚急。帝笑曰：朕故人严子陵共卧耳。"严子陵后来不辞而别，隐居到富春江畔，垂钓以终老。

中国古代，"普天之下莫非王土，率土之滨莫非王臣"，做臣子敢于犯龙颜甚至捋龙须的大有人在，可是敢不做臣子的那便是凤毛麟角了。想想明朝朱元璋《大诰》有死罪一条："寰中士夫不为君用，是外其教者，诛其身而没其家，不为之过"，再想想清初吴梅村被迫出仕，哀哀无告地说："不招岂能逃圣代，无官敢即傲高眠。匹夫志在何难夺，君相恩深自见怜"，我们就知道，为什么严子陵在历史上地位尊崇到这个地步。我们也才能理解，为什么伟大的范仲淹会如此景仰地写下："云山苍苍，江水泱泱，先生之风，山高水长。"

现存的东、西钓台，雄峙江畔，离江面七十多米，背倚青山，下傍绿水，掩映在葱茏的古木丛中。东台是严子陵隐居垂钓处，西台则是南宋爱国志士谢翱恸哭文天祥之处，因此又名"双台垂钓"。此处被认为是富春江上风光最幽美的地方。如今，观光客只要弃舟登岸，就能够领略范成大在《酹江月》一词的意境："两岸烟林，半溪山影，此处无荣辱。"

每年仲夏，有一种通体晶莹透明，熠熠如碎金的小鱼儿，会环绕着钓台打转，盘桓不去，当地人心生感念，因此称它们为子陵鱼。这鱼，实为迎江而上，至七里滩石间生子的鳟鱼，成鱼味极鲜美，只是刺多，谓之子陵，倒也恰切得很。

东坡诗云："三吴行尽千山水，犹道桐庐更清美。"而桐庐一段，最美在七里泷，也叫七里濑、七里滩，由钓台上溯二十五公里便是。

小时候去七里泷所在的富春江镇走亲戚，富春江水电站是必去的，它是当地人最引为自豪的风景区，也是赫赫有名的龙头企业。站在大坝上望出去，碧波浩渺，即便是盛夏，也觉得阴阴的，凉凉的。

中学时读东坡词《行香子·过七里滩》："一叶舟轻，双桨鸿惊。水天清、影湛波平。鱼翻藻鉴，鹭点烟汀。过沙溪急，霜溪冷，月溪明"，便十分想往能坐一回船，哪怕是一只打鱼的小船。只是沿江陆路交通顺达，总也没机会如愿，直到后来工作了，有一次带了几个留学生一道观光，才头一回体验了"七里扬帆"。原来七里泷实际全长二十二公里，南起建德市乌石滩，北至桐庐县芦茨溪口，因滩险流急，行上水船需借风力，否则挽纤而行，缓慢吃重得不得了。有诗云："狭塘水隘忽迸流，满船相顾无魂魄"，而东风一起，千帆竞发，瞬息可过，俗话便是"有风七里，无风七十里"。所以，"七里扬帆"竟是取了个一路顺风的理想值。

夏末秋初，船行江上，但见两岸青山夹峙，层林蜿蜒；绿水如镜，舟楫往来。"桐江连天兮秋水长，富春摩空兮烟树苍。"沿途有龙门峡、子陵峡、子胥峡，真可谓摇一橹则换一景，撑一篙又变一境，如苏东坡过七里滩所写的，"重重似画，曲曲如屏"，"远山长，云山乱，晓山青"。看这些山，不禁想起黄公望《富春山居图》，"其山或浓或淡，都以干而枯的笔勾皴，疏朗简秀，清爽潇洒，远山及洲渚以淡墨抹出，略见笔痕"。其形态、气势、累迭矶石以及远近树影，莫不与眼前这清虚悠淡、寂寥旷远的山色，形成意象空灵的诗画并置。

而说到水，纪昀的"斜阳流水推篷坐，翠色随人欲上船"，王芮的"山连别县青难了，水浸遥空淡欲无"，都是咏富春江水的佳句。黄公望的画中，先用浓枯墨勾写水纹，偶加淡墨复勾，真有一种恍兮惚兮，淡到快要没有的况味，恰合隐士幽人的精神境界。

有多少风光说不得！待到黄昏，"西风隔岸芦花里，无数渔舟唱落霞"，美得直教人欲落下泪来。大隐于市，小隐于野。在这富春江的船上，常年与橹声相伴，终日浮家泛宅，渔人们那一种"长歌日暮还"的怡然境界，大约可以算得上是现代隐士了。我曾在诗中感叹：故乡啊，你终是我无力描述的那个地方！

没有人不知道严子陵钓台，很多人也熟悉七里泷，可是说到富春小瀛洲芦茨湾，就不大有人知晓了。当富春江情不自禁地挽起手臂，想把眼前优美的景致揽在怀里，就成了芦茨湾。与钓台隔江相望，又地处七里泷的北端，芦茨湾是富春江自梅城以下十里的峡谷段，可以说，这是一方储秀之地。

按说这小小芦茨湾实在也算不得一个正儿八经的景点，不过是山上的清溪冲出了一条百转千回的乱石滩。窄则几米，宽则几十米，密布着大大小小的卵石，盛开着野花和芦苇。芦花似雪，山泉如歌，从古至今，未曾消歇。桐庐人对芦茨湾多持有一份私心，不愿为外人道，乐得它永远都是一处可撒野的秘密桃花源。我就有许多生猛的记忆留在了这芦茨湾中，其痴迷顽劣，不堪回首。

沿流水，过小桥，就到了炊烟袅袅的湾畔人家了。这里是晚唐处士方干的故乡。临水的半山上，还有一棵亭盖虬枝的唐代古松。《唐才子传》说诗人方干"家贫，蓄古琴，行吟醉卧以自娱"。吴融赠这位隐士的诗写得好：

　　　　不识朝，不识市。旷逍遥，闲徙倚。一杯酒，无万事。

一叶舟，无千里。衣裳白云，坐卧流水。

芦茨村的土烧本鸡和清水螺蛳，是我乡愁的一部分，而我的一位朋友曾对我说，他所有难以排解的乡愁，最终都以吃来解决。吃则不能不饮。这里有农家自酿的酒，叫人不醉无归。"凡画山水，最要得山水之真性情。"山性即我性，水情即我情。酒，最具一种意想不到的移人本领。一壶好酒下肚，顿感顺畅条达。相传黄公望正是"酒不醉，不能画"。不难想象，他隐居富春江时，除了随身携带一个放置画具的皮囊外，腰间自然也少不了一个酒葫芦。

桐庐的名字，来自桐君山。这是桐庐的门户，位于富春江与天目溪汇合处，高不过六十米，形如螺髻，黛色扑人，与县城仅一水之隔，故有"小金山"之称。郁达夫写桐君山：

> 依依一水，西岸便瞰视着桐庐县市的人家烟树。南面对江，便是十里长洲；唐诗人方干的故居，就在这十里桐洲九里花的花田深处。向西越过桐庐县城，更遥遥对着一排高低不定的青峦，这就是富春山的山子山孙了。

江水澄碧，宛如一面巨大的镜子，山浮若翠屏。山上石壁多摩崖大字，最古的是唐人所题。山不高，水却深。山脚下是一个深不可测的桐君潭，是两水汇合处经年对冲而成。潭水森森，令人想起老杜的诗句："青溪合冥寞，神物有显晦。龙依积水蟠，窟压万丈内。"孩提时候，大人都不允许我们去那一带游水。据《严州府志》载："潭有巨钟，渔者常见之。"时至今日，许多高人仍把鼓涌的江水声说成是潭里大钟的响动。

而桐君山的名字，来自桐君。县志上说，相传黄帝时有老者在此结庐炼丹，悬壶济世，分文不收。乡人感念，问其姓名，老人不答，指桐为名，乡人遂称之为"桐君老人"，山也以桐君名，县则称桐庐县。桐君老人定的处方垂数千年沿用至今，为我国中医药的鼻祖，后人遂将桐君山尊奉为"药祖圣地"。听说如今一些名闻遐迩的老字号，如桐君阁、同仁堂、胡庆余堂等，都在桐君山上开设了成药铺子，也不知有无？

自桐庐而下，山的圭角渐渐少了起来，也细碎一些，风景清幽如故。曲折回旋一番，大约过了九十里，便是富阳。这是另一座千年的古城。春江之子郁达夫诗云："家在严陵滩下住，秦时风物晋山川。碧桃三月花如锦，来往春江有钓船。"

富春江水流至富阳，被城东鹳山所阻，江水在此回旋成潭。相传三国东吴时山顶建有道观，亦称观山。由于山体状如鹳鸟，西南山麓处又有一块石矶伸向江中，宛如鹳鸟引颈入水，故易名为鹳山。山很袖珍，海拔只有四十余米，但它背靠城厢，面临富春江，地理位置独特，自然成为富阳风光之最紧要处。古木葱茏，楼阁错落，真不失为一个山水兼得、玲珑叠秀的幽僻所在。

缓步在苍翠的鹳山步道上，道旁散落的好客的长椅可随时休憩，耳边常听得软语与琴音，很有一种恍惚之感。行至山顶，抬头便看见清同治年间重建的"春江第一楼"，青墙黛瓦，飞檐翘角，被誉为富春览胜的绝佳处。凭栏远眺，江树山色，俨然画图。

我曾看见"春江第一楼"屡屡出现在郁达夫的诗文小说中。东面正有一座简洁古朴的楼宇，是郁达夫和其兄郁曼陀为供老母安度晚年所建的松筠别墅。日军入侵富阳时，太夫人以女性之刚烈绝食于此，而今松筠别墅已被辟为郁达夫、郁曼陀烈士事迹陈列室。壁嵌有两块石碑，为桐庐画家叶浅予所绘的郁氏兄弟线描半身像，以及郭沫若题书的诗碑。

参谒过双烈亭和郁曼陀血衣冢，慢慢走到山下江边，经过董邦达祠堂，一条画阁长廊中，几位妇人依依呀呀地在唱曲，老者的胡琴拉得也好。清人顾恩来《富阳》诗云：

> 水折帆回到富春，暮春香霭锁江滨。不平波似银光纸，如画山多荷叶皴。

夕阳西下，一炷晚霞自西向东，朝着富春江大桥的方向挥洒光芒，将江中的泳者、矶边的钓者，公园里的游憩者都镀了一层金。若等到皓月当空，江面上渔火点点，微波荡漾，便仿佛有无数大龟在浮水吸月，这就是春江八景之一的"龟川秋月"了。

在郁达夫的心中，黄公望的图画是永不褪色的。他只要写到这一带的山，就会提起黄子久的名字。在他看来，这些就是"黄子久的粉本"。他说在"春江第一楼"上，可以看见"这一幅山重水复的黄子久的图画"。

从鹳山沿江向南约五里处，相传就是黄公望《富春大岭图》的取景之地鹤岭。车经过时，远远就看见一座山像巨大的画屏矗立在富春江畔，有一种奇崛而非凡的气场。主峰之外，次峰远岫林立，有自然冲淡之感。富春江流到这里，江面宽阔而水流徐缓，致使泥沙沉积出一个个沙洲。这城南的江中有一大沙洲，即中沙。深秋时节，柏叶红，芦花白，令人耳畔不由得响起那支动人的琴曲《平沙落雁》。明人陈兴诗云：

> 中沙潮落海天长，疏影纷纷下夕阳。自是江心栖息处，月明何必忆潇湘。

这山这水，此景此情，谁不会联想起黄公望那副阴柔与阳刚并济的笔墨？

有专家根据画卷与实景之大体吻合来判断，也根据一些记载与口碑来推理，一一点出了横六百三十七厘米、纵三十三厘米的《富春山居图》中起首、中部、结尾等各处的具体地理位置，同时还肯定地指出："细察位置环境，它的起首与桐庐无关，它的结尾与钱塘江也无关。"黄公望《写山水诀》曰："山论三远，从下相连不断，谓之平远；从近隔开相对，谓之阔远；从山外远景，谓之高远。"眼前山景虽得平、阔、高之三昧，但黄公亦说过："画不过意思而已。"中国山水画重在写意，重在取势，画家登临之际，多为意象式凝视。匡庐图也好，潇湘图也罢，都是观其大势，撮其要素，如同鲁迅谈他的小说创作，是"杂取种种，合成一个"。老是想拿真山水与笔墨图画一一对号入座，把黄大痴的山水写意理解成临摹，那是太痴了！

黄公望在《秋山招隐图》的题跋中说到，他在富春山边"构一堂于其间，每于春秋时焚香煮茗，游焉息焉"，"当晨岚夕照，月色当窗，或登眺，或凭栏，不知身世在尘寰矣！"他将此隐居处自题匾额为"小洞天"。此外并无其他涉及隐居地的史料面世。如此，可以明确的是黄公望在富春江边一带，绵延一百一十六公里的山林某处有隐居之地，但具体位置却不得而知，更何况谁能晓得他春秋两季之外又去何处"焚香煮茗，游焉息焉"？

现在，富阳市城东七公里处，东接杭州，南傍富春江，有了一个"黄公望村"，是四年前将原来的华墅、白鹤、株林坞、横山四村合并而成的。依据正是《富阳县志》中的一条："元处士黄公望在县东北二十里庙山。"为了欢迎各地游客，这里成立了白鹤乡村俱乐部，建起了一排"农家乐"。往村子深处走，是一条依溪而建的行步道，一路竹林向里延伸。春夏时流水潺湲的筲箕泉，秋天已经枯涸。大约步行十多分钟，就到了"黄公望结庐处"了。

坐在筲箕泉边听风过竹林的簌簌声，怀想当年，黄公望年轻时在地方上做过椽吏，后遭诬陷入狱，出狱后遂不问政事，游走于江湖，一度还曾以卖卜为生，后来参加了主张儒、释、道三教合一的全真教，于是更加看破红尘，而寄情山水了。他注定要成为一名艺术大师。晚年他偕好友无用禅师从松江归富春山，开始于山居南楼中援笔创作富春山水长卷，"阅三四载未得完备，盖因留在山中而云游在外故尔"，终于，在八十五岁上，他完成了素有"第一神品"之称的登峰造极之作《富春山居图》。朴玉浑金，方见光芒。

"作山水者，必以董为师法，如吟诗之学杜也。"黄公望在《写山水诀》中坦言他的师承。但是，他师法董源、巨然，却又超越了他们而自出一格。他首开以浅绛山水为特色的技法范式，引藤黄入墨，用螺青着色，树取圆润，石须多方，春夏秋冬胶矾有别，远山近石风水间存，得浙江壮美而又优美的江山之助，完成了中国山水画的又一次伟大变法。有人说，黄公望已经把山水画写成了抒情诗；我更想说，他是用浓浓淡淡的墨色勾皴，谱写出了一部波澜壮阔的交响乐。后人对《富春山居图》无不顶礼膜拜，黄公望对中国绘画艺术所产生的影响之深远，恐怕连他自己也未曾料到。董其昌惊呼："吾师乎！吾师乎！一丘五岳，都具是矣。"邹之麟更是干脆，把《富春山居图》称为画中之《兰亭》。

君子之所以爱夫山水者，其旨安在？丘园，养素所常处也；泉石，啸傲所常乐也；渔樵，隐逸所常适也；猿鹤，飞鸣所常亲也。尘嚣缰锁，此人情所常厌也。烟霞仙圣，此人情所常愿而不得见也。

郭熙《山水训》，将可行、可望、可居、可游的山水，看作我们心灵的安顿之乡。富春山水，自古就是隐士的天堂。而严子陵以降的隐士文化，已然形成了一个绵延不息的传统，更兼黄公望这样的艺术大家，将五色洗练成水墨，让绚烂沉淀于静寂，为我们现代人勾画出久已失落的梦境。"何须听丝竹？山水有清音。"

记得十多年前，我每个周末都要去杭州老师的家中学习古筝。从桐庐出发，经富阳，坐三四个小时的公共汽车，在杭州武林门车站下车。傍晚，再赶最晚的一班车折返，天黑时到家已算是幸运的了。倘若遇上路况不佳，改走山道那是常有的事。假如再逢上雨季，因山洪冲塌了道路，或大树挡住了去路，致使车辆滞留至午夜，也并不奇怪。

如今，在现代化的变迁中，富春江两岸形貌大有改观。高速公路从杭州到桐庐仅须六十公里，车程只半个多小时，快得连沉吟一息儿的功夫都没有了。再回想过去那些兜山转水的日子，仿佛原本蜿蜒曲折的光阴，被拉直成了一条时光隧道，倒怀念起往日的那一份慢来，怀念那一些人在画中行却浑然不觉的日子。

也许，速度变了，心境变了，看风景的角度也变了，然而始终不变的，是富春江两岸的奇绝风景，连绵不断，亘古如斯，并且光景常新。水送山迎，一川如画。那是永远的完整的存在，且高于一切艺术之上。

2011 年 10 月 30 日

英国乡村的夜晚

英国乡村，是异乡人笔下
一部针尖麦芒上的乡愁小说。
很多次了，我差一点就要说出
窗外那一袭流溢的深蓝，
曾经怎样一遍遍地将我摇撼。
想告诉你那晚的云朵蘸饱了墨汁，
垂下身来，俘虏了麦田；
我仿佛看见了呼啸山庄，
看见一个倔强的女孩坐在篱笆上，
长发斜斜地，遮住了她的脸庞。
暴风呼唤骤雨，
教堂等待晚祷的钟声……

哦，看不见的是风，只有时间
扇动着灰白的翅膀，在大气中滑翔，
它因为沾染了太多的风景，
而无法定格成凡·高的笔触。
雾霭升起的时候，玻璃充满了怀疑，
一层一层加深了夜晚，直到把月亮
偏颇成一枚凋敝的思念，
带着俄罗斯式的苦难。
于是我想，炉火会熄灭，
大提琴的身体会斑驳成嘶哑的命运，
而美，依旧是一幕孤独的剧情，
像英国乡村的夜晚，像不可复述的爱情，
而我的爱情——
是一棵高高的棕榈，有着最细碎的身体，
怕只怕弦儿动了真情，颤栗着，
在异乡的旷野，发出了
被什么弄痛了似的声音。

阿拉伯湾上的歌手

船离开了岸，
他低下头，垂下拨弄吉他的手。
阿拉伯湾上的第一缕风开始吹拂。
葡萄般零落成串、相依滑落的音符，
在奏弄着他的眼睛。

可以等待，慢下来：
女人的睫毛、头发，
和挂在杯子上的男人的手。等待——
等待一种忧伤的可能，
在心中突然地发生。

等待这种忧伤，不是那种忧伤，

凝滞又相互牵连，
只是难掩一厘阴影的折痕，
游走在吟述之事物的底部。

哦，葡萄掉下来，
一场甘心等待的灾难
直到整座葡萄园成熟，
酿红了阿拉伯湾里的水。

一种赞美的语调过于轻盈，
也会造成忧伤？
宛若一只手，在拨弄着光线
所不慎揭示的无助思想？

阿拉伯湾上的夜风推着船
缓缓行驶在两岸的中央。
阿拉伯湾上的歌手掌管灯火，
阿拉伯自己没有时间。

郁特里罗[1]

郁特里罗，

一个来不及收回的捏造。

像中世纪教堂上空的一块彩色玻璃，

被风吹落，缤纷而凌乱，

翻转着锋芒。

这上帝的私生女的私生子，

---

[1]：莫里斯·郁特里罗是法国巴黎画派的代表人物。其青年时期，被称为郁特里罗由上帝赋予天才时光的"白色时期"，此期创作的蒙马特街道的风景，令人难以置信它们出自一个声名狼藉的酒鬼之手。他的母亲是画家苏珊娜·瓦拉东，她出身贫寒，生活放荡，年轻时做过雷诺阿等画家的模特，郁特里罗是她的私生子。

蒙马特街道的签约流浪汉，注视着

悬崖边跳舞的虚荣女神——
母亲、导师和玫瑰、上帝的调色板。
血红的高跟鞋，蕾丝花边里裸露的乳房，
伶俐兔子的跳舞场，洗衣房里的半老徐娘，
画布中的女郎啊，来不及涂上颜色
就跃出画框，
以一身素描，褪下半身湿透的衣裳。
嗨！瓦拉东，你舞姿娴熟，
却没有一脚不踩向虚空。
喂！站在这边的是乞丐，
走到对面就是宫殿。
艺术家与流浪汉，
只隔着一个街道，一个意念。

在乡村，在巴黎，
在地球剥落石灰的街角，
人们为何如此慌张？

做一只充满细节的蜗牛

拽着命运的胳膊四处躲藏？
上帝啊，究竟是什么
成就了艺术成就了你？
呼吸在你的呼吸中，
又以艺术抵御时间抵御你？
你期许的天才与明星，为何
终是陨落？一颗一颗尖叫着，
如战士，又如流星！

NO, I DO

她一出场，风便开始惆怅。
立即以她为中心，
世界展开了圆周的律动。
男人的欲望，席卷其中，
伴着莫名的懊丧。

她笑得很有把握。
从夜晚的梳妆台
到男人眼中的镜像，
美得讯息袒露无余，
如撕破的衣裳，又似希腊人
发现断臂维纳斯时的

一声惊叹——

卷曲的发丛潜藏妖娆的密码，
哦这优柔的力量，罪恶的花！
蹑脚的猛兽，在她喷香的意志下
充溢温柔，而暴力涌动
有时只为倾诉衷肠。

最令人绝望的是那冰凉的修长。
背的弧线，恰似一句独白，
被剥夺了什么样的修辞？
无须开口，她嘴角的线条
便发出了一记蠢动的信号，
像邀宠的少女，求吻前的预演。

男人在眼中问：Angel！
你不知道你究竟有多美？
她在心中答：No,
I do.

桂花雨

假如你来杭州
我会带你去淋一场桂花雨
我们将在清晨出发
沿着委婉的山道拾阶而上
你将看到那一湾一湾
满是明亮的芳华

当金色的光雨
一口一口吮着芬芳的呼吸
如雨的光明
一朵一朵筛落我黑色的发际
我说你的眼睛

是阳光下摇曳的少年
洋溢着喷香的热情
你说我的笑
是一掬摇碎的月光
一缕一缕，密密疏疏
酿醉了一壶桂花雨

柳浪闻莺

宛若一架急管繁弦的箜篌，
柳儿倒垂，用十二平均律的摆荡
分割了雾霭的寡淡与浓稠，
演漾着风的形状……欸乃一声
绿了山水，西湖却下起了一阵
灰色的雨。于是，

每一片柳叶，都是一个诀别的词语；
每一个词语，都是一只流转的黄莺。
黄莺飞来，用星星的歌喉，
带回清波门外流水的消息。
黄莺飞去，如脱落一枚水银的纽扣，
解开了杨柳带水的衣襟。

昔往与今来，依依复霏霏，
细雨中轻摇，狂风里无惧。
谁能自她披靡的掌纹，
破译流年阴柔的情事？
谁又用箜篌的心，
弹奏一株灰白倥偬的倒影？

并置与同构。尽管她用同一种形象，
繁衍了一个千年的江南，
也只是散人笔下，那一个
虚笔带过的部分，
一个无心的事件。而日子，
依然青郁。

听哪，黄莺轮翅，滴泠泠……
在清风里穿梭，绿浪间跌宕，
殷勤缝补着一片波光的寂静。
看哪，空中那一道如箭的轨迹——
穿过湖面，穿过滚烫的夕阳，
穿过那一个被诗人称为心的地方。

马友友的天方夜弹

一个人的阅历大约是有重量的，我想。这重量让人变得低沉，所以，年纪大了，走路就慢了。我小时候喜欢听古筝，总觉得叮咚作响的丝弦里拧得出水来，鬼灵鬼灵的，长大了却更爱古琴的含蓄与分寸。听琴就像听一个老者说话，一句顶得上妄人的一席。然而低沉并不表示没有喜悦，压抑的表达往往最有力量。因此，虽不到中年，我听大提琴却能听出中年的心情来。很小的时候我就能猜出大人的心思，偶然看见母亲哭，我也不怎么难过，反倒觉得人应当懂得克制。女人可以流泪，但不可以哭，我就这样没心没肺地以为。

大提琴是人。他的身体，他的嗓音。有夙慧的琴师朝他吹一口气，他就活了，就跟你说话，谈心，有时还很执拗，要与你争执，惹得琴师癫狂万状，抱着他摇啊、拉啊、捶啊、打啊，爱恨交织的，好像有多少谈不拢又放不下的话题似的。

在我的想象中，比较理想的晚年生活定是要请大提琴先生相伴。大提琴让我想到劈啪作响的炉火、古色斑斓的披肩、半旧不新的杯子和屋外流逝的时间。大提琴的声音是从木纹中走来的，像一种讲述，像旁白，温厚，中肯，无情，但公道。可他言说的一切都在屋外，在夜晚流动的空气中，此时，屋内的我们却是暂得安生于流逝之外的小小存在。就着明亮的炉火，我们感到过去的一切都还可以挽回，也还来得及细细体会。该悔恨的在此刻悔恨，该感激的在此时感激。想到这一分宁静，我甚至希望炉火旁的晚年时光快点到来。

为什么要听马友友？很简单，因为他是华人音乐家。因为血液的关系，我相信，曾经感动过他的事物也一定可以感动我。三月六日晚八时，杭州大剧院，马友友来了，与他"丝绸之路乐队"的伙伴们一道出场。一个中年男子，普普通通，欢欢喜喜，走出来，坐下去。我很喜欢这样的出场方式。很多所谓的人物之所以需要借助激昂的音乐、惊愕的聚光灯和主持人受宠若惊又受惊若宠的接引，皆因不自信。

然而，马友友大约是铁了心希望杭州观众能够忘了他吧？在近两个小时的演出中，这位大师竟心安理得地混迹在乐队中，就像当年的卓别林挤在"模仿卓别林比赛"的人丛中找乐子一样。大家合奏的时候他也一溜着出来了，小组重奏的时候又不见了，从头到尾愣是没有等到他哪怕一个华彩片段。至于独奏，那是完全轮不到的。

大约马友友心里也明白乐迷对他的期待，一度终于高抬贵臀，把椅子挪到了台前，结果却是为吹笙人吴彤演唱的哈萨克斯坦民歌《燕子》做伴奏，而且音符给得极为简约，能断开的绝不黏连，像是惜墨如金，又像是画龙点睛：远远的进三步，凑过去，描一笔，逗一点，又遥遥地退三步，袖手旁观起来。多谦虚，多审慎，真有点微服私访的味道。

这多少有损于杭州观众对海报上"马友友三十年来一次"的信任，也由于台上的这位大提琴乐手使用了马友友先生的名号，而大大伤了乐迷的心。此等失望的体验，就好像人们见到周星驰，发现他的举止一点都不好玩，讲话一点都不好笑，正常人一个样！所以，那晚回家后我会顺手写下几句俏皮话，说老马不会拉琴的可能性很大，也就不足为奇了。

因为工作的缘故，我曾经接触过一个国外的音乐经纪公司，旗下的一位音乐家曾是中国家喻户晓的流行钢琴王子，蓝色的眼睛，深情的乐句。可是作为工作人员，我们被直接告知，该钢琴家早已不再弹琴，其表演皆为录音与手形的协作配合。有这样的故事打底子，我的抗击能力强悍了许多，再加上疯传马友友日常事务繁忙，下得乔布斯家的厨房，上得奥巴马就职演说的厅堂……我也就释然了。应该说，作为一名普通乐手，马友友当晚的表现无可指摘，因为整个"丝绸之路乐队"的能量大得简直可怕，直让人想把每一个音符都小心地收藏起来，好回去慢慢疗伤。所以，第二天有朋友说弄到了上海站的门票，我便不打二话，开了车就走了。再说，心里也着实放不下那印度鼓手、伊朗琴手、西班牙女风笛手，以及那几个形色各异、吊儿郎当的帮闲乐手。

不去还好，这一去使我原本就颇感不快的心情变得愈加不快！

想起了一部青春剧，说一个女孩移情别恋了，男孩因为太过绝望，沉默不语了好些日子，大家都以为他失声了，怪吓人的，可是突然有一天他指着女孩哭喊道："你这个骗子！"这个片子也就这样达到了一种悲剧到深刻的喜剧感。听完上海站的音乐会，我原本只是骂骂咧咧的几句微辞瞬间没了，只想手指着马友友，恨恨地说："你这个骗子！"

是啊，连着两天，马友友伤了我的心两次：一次是因为失望，一次是因为绝望。

与在杭州的低调相比，马友友这回可真叫活跃：几乎每个曲目都掺合，而且华彩不断，时而是繁胜时光的再现，时而是美妙事物的写生，时而是情思萦逗、缠绵固结的钩沉，时而是纯净圆熟、浑朴真率的吐露。一切思想、色彩与图形，在他的挥霍与指示下掰开又揉碎，让人意惬神动。飞扬的琴弓为所欲为，这才是挥舞魔杖的马友友！

掌声哗啦啦哗啦啦激起一层层水雾让我眼睛都睁不开简直就不会再有放晴的时候……

中场休息后再进场，朋友指我看前几排正落座的谭盾，又是一位大佬。我终于意识到，这是上海。如果学张爱玲讲几句刻薄话，Yo-Yo Ma 对上海的宽绰与对杭州的悭吝都维持在同样高的水平上，敢情真把杭州当作上海的后花园了？

两天下来，由于情感上的复杂而导致我的心理始终处于一种为敌复仇式的紊乱中。哎，算了算了，不纠结了吧。反正我杭州上海包了个圆，无可遗憾的了。还是回味一番马友友与伊朗弓形鲁特琴师贾赫尔合作的《嘎西达》，谈谈这对旅人弥留在时空中的对话吧。

无论在杭州在上海，马友友在演奏前总要向大家介绍贾赫尔和他手中的乐器，他对贾赫尔恭敬有加，称之为自己的老师，还说鲁特琴是大提琴的祖宗，因为诞生的时间比大提琴早很多。自古以来，鲁特琴的确一直以谦和的、民间的、宗教的形象出现，经常演绎简单、温暖的伊斯兰音乐，演奏的时候可以摆在膝上，也可以放在地上。贾赫尔的习惯显然是放在地上，格外有一种随遇而安的流浪感。《嘎西达》即兴的成分很浓，是一首二重奏，但实际上是"幻影三重奏"。乌兹别克斯坦的作曲家杨诺夫专门为大提琴和波斯音乐创作了它，灵感来自贾赫尔的一盒音乐带。作曲家说："当我开始在乐谱上研究这个录音盒作品时，我决定将贾赫尔的主题融入乐谱本身录音的部分。这个主意不是将录音用作大提琴·卡曼奇二重奏的背景，而是作为三重奏中的另一位成员——幻影三重。"

舞台上，贾赫尔和马友友各执一琴，分坐两端，像一对手把手拉大锯的锯匠，又像是两个棋枰上手谈的弈士。一个声音来自空中，是另一个藏匿在录音带中的贾赫尔发出的，大提琴和鲁特琴在这个声音中恣情穿梭，像秘鲁诗人聂鲁达长诗《马楚·比楚之巅》中的第一句："从空间到空间，好像在一张空洞的网里。"

席地而坐的贾赫尔始终处于游弋状态，神思飞越犹如风舞落叶，但是片云可以致雨，他的飘忽是可供寻绎的线条，常常引得风流云动，似智者的占卜术。大提琴呢？虽不乏放纵驰荡的表达，但看得出在努力保持着良风美俗，远远地迎过来，动情地说上一席工致华缛的心里话，之后侍立一侧，恭听下文。大多数的时候鲁特琴自顾自地织着网，一副习焉不察、熟而相忘的样子，于是大提琴只好退避一旁，侧身走自己的小道。但心思缜密、沉迷于针黹缝补的鲁特琴有时也会毫无征兆地突然扰攘起来，横挑对手。面对强邻的兴兵犯阙，大提琴起先是有礼有节地答复，惹急了，便挥舞琴弓如剑走偏锋，浓墨重彩地抢白一番，甚而冲过去扭打作一处，难分难解。雅健奢靡的大提琴再也顾不上原本英国水彩画家般的绅士风度了。这般激烈的挑衅与交锋让人坐立不安，但乐曲终于在各臻极致而又无所粘滞中结束了。

大提琴与鲁特琴，马友友与贾赫尔，一对仇敌，一对兄弟！

九岁开始拉琴，获过十五次格莱美大奖的马友友，是什么时候走向自然、走向民间的？我想上海大剧院的观众席中一定也坐着瞿小松吧。他在《音乐笔记》里提到过一件事，说马友友在非洲原野上看到一位黑人兄弟，仅仅用一根挂在树上的钢丝就奏出了一段极动人而又不可再现的音乐，面对他，面对这片原始与广袤，学院派的音乐大师马友友只能无奈而恭顺的拉一曲巴赫。这是不是一个刺激？刺激他找到了贾赫尔，这位不识五线谱的伊朗的老琴师？也许吧，有时放下所得是冲出自身局限的唯一方法。

在对音乐的描绘中，我也深感用文字去巩固音乐犹如用鞭子去抽打空气，纯属狂妄者的蠢举，最终不过是一场扑捉萤火虫的徒然而无效的游戏，因为抓住了一只，惊飞了所有；抓住的越多，飞走的越多。音乐本身已包含了太多叹息。可就是有许多人在乐此不疲的重复着这项游戏，以艺术的名义捕捉艺术的本质，这种能力也被称为人类文明的象征。文学、美术、雕塑、音乐，艺术彼此寻找，道出的只能是作为未能道出部分的补充。

想起头一天晚上，老贾赫尔坐在舞台中间抬起的一块平台上，乐手们围坐在他身旁，与他共同演绎了一首《寂静之城》。十几分钟的时间整个失陷于不可思议的带有一丝温甜的苦难中。伊朗，战云密布的伊朗，阿巴斯的忧伤。我满以为，从贾赫尔摇摆的臂弯与勾连的指间溢出的琴声，必是一片深重的苦海。却未料，从引子开始，一个个乐句像粉红的天空一般，慢慢地铺陈，缓缓地降临，隐隐地似有祝祷的歌声从某处渗出，是那么平静的陈述，神圣的怀念，以至于未及听得真切，又被一双看不见的手小心翼翼地捂了回去。随后弦乐、管乐、打击乐等更多乐音渐次参与了进来，小心谨慎，犹如声声殷勤的问候。音符们亦步亦趋，像波斯挂毯上衣袂飘飘的人，相互簇拥着，叠加，抚摸，拥抱，回旋，上升。

贾赫尔的悲伤是粉红色的悲伤，是温情、高贵而节制的悲伤，而印度音乐给人的印象往往是彩色斑斓的，犹如跳舞的非洲。鼓手珊迪普·达斯在我眼中是一位油画家，富谐趣而盛彩藻。他向着空气随意涂抹色彩的本领，想必能为许多职业画家带去启发性的悟见。而且他擅用湿笔，色彩鲜活、跳跃，如孩子们穿着糖果色的节日盛装。不得不叹服，音乐家的手指是他们原本就细于常人的神经末梢的外在表露，机智、警觉，敏感得像盲人的耳朵。

达斯的鼓叫塔布拉，是一大一小并排的两只，它们周身被紧紧包裹着，只露出小小的鼓面，特殊的构造使它能产生摄人心魄的音响效果。演奏者会一边用手指击打，一边又急于将声音摁下去，把声音扑灭，像极了一个技术高超的枪手，先是射出子弹，然后一个反手，又迅疾地接住了自己射出的弹头。达斯便是这样的神枪手，他能让声音形成一个又一个黑洞，很快，听者的心就随之沦陷了，变成了一块块沉坠的石头，不自觉地滑入了一个个浑圆的深渊中，迷幻，灭顶，窒息。欣赏这种因对恐惧的执迷而产生的美感，近乎欣赏在地狱的风中飘荡的保罗与弗朗西斯卡的爱情，那么痴迷，无助，又那么凛然，勇敢。但矮个子的达斯看上去是如此忠厚老实，一点都不像一个为非作歹的人。

至于加利西亚风笛手，那位性格劲爆的西班牙女郎，我就不敢打包票了。除了诱惑，她什么都不会。她的名字叫克里斯汀娜·派朵，名字像她染成绿色的头发一样长。杭州站演出的第一个曲目叫《卡隆特》，讲述的是希腊神话故事中摆渡人卡隆特将亡灵运过冥河的故事。这女人一出场我就知道，卡隆特完了。那天她穿着一身长长的红色连衣裙，那么鲜，那么艳，是斗牛士手中的红布的那一种红。她怀抱一只风笛，像怀揣着一只乳香四溢的小马驹，就着马驹她直腰一吹，身体就向后倒了下去，倒得那么低，好像等着谁去扶。一个高亢到极点又扭曲到极点的声音就这样被她吹了出来，这是一个放浪到妖魔化了的声音，凌空扭动腰肢，空气中编织着多少不安分的绮思。再配上西班牙女郎特有的身段，鄙夷的眼神，探戈的步子，幽灵的气息，哪怕是一只老鼠也一定会被这只猫吸引的。真真歌有裂石之音，舞有天魔之态。尼德兰谚语中说，像这样的红衣悍妇，就算独闯地狱也不会受到伤害。这一次，我信了。同样作为一个女人，虽然我的傲慢让我对此不屑一顾，但又不得不同意：男人若是对这样的女人犯下了罪，倒也并非不值得同情。而上海站的表演，由于曲目的关系，她的凌乱不堪的教养显然收敛了不少，但也让她显得不那么酣畅完整了。

另一个对我产生极大诱惑的，是日本的尺八演奏家梅崎康次郎。

他抽搐着身体，眼看着把一根笔直的竹管也吹成了弯曲的形状，听的人心里一酸，看哪儿都是凄怆的异乡，而且欲归无路，欲归无期。尺八大约是唐朝时候传入日本的，卞之琳先生的《尺八》一诗写道："长安丸载来的海西客／夜半听楼下醉汉的尺八，／想一个孤馆寄居的番客／听了雁声，动了乡愁，／得了慰藉于邻家的尺八，／次朝在长安市的繁华里／独访取一枝凄凉的竹管……"这位梅崎康次郎的祖先，恐怕就是一千三百年前寄居在长安孤馆里的那个遣唐使吧？跟卞先生一样，我也觉得单纯的尺八像一条钥匙，能够为我无意地"开启一个忘却的故乡"。

上海站仍然保留了杭州演奏过的《诞生》这个鼓乐节目，我不禁莫名其妙地油然而生一种自豪感。细想想，这四种鼓没有一样是中国的，四位鼓手也没有一个中国人，有什么可高兴的？但我就是高兴，而且的确自豪。四个人，除了那印度人达斯是好得不用说了，另外三个也是个个都称心如意。尤其是最边上一个瘦高个打排鼓的，穿着一身笔挺的衬衫西裤，让我喜欢得不知如何是好，甚至想，假如是我的儿子就好了！回头一想，又一笑，他未必就比我小呢。还有一位老兄，情难自禁时竟站起来拍打全身，拍胸脯拍屁股拍大腿，把身体拍成一具乐器，简直匪夷所思。

四个鼓手都好得无可挑剔，表面看似油滑，却相互默契极了，一个灵子，扔过去，荡过来，引出观众阵阵讶异与错愕。而他们之间的那个游戏，那个灵子，只会故意悬置，绝对不会失了手接不住落了空。这"丝绸之路"的班子，就像巴萨队的拉马西亚青训营出来的发小们，梅西、哈维、伊涅斯塔，一群小矮人在跑动，灵犀一点，灵光一闪，一传，一切，你还没缓过神来，球进了！

一个个乐手都要这样说过去，实在显得我背晦了，杭州话讲"嘎背滴"，尤其怕被伊拉上海人看轻了，说我们杭州人没见过世面。但是忍住不说，却也不好，尤其不能亏待了咱们杭州的琵琶女吴蛮。同行间总是缺少神秘感，所谓熟人面前无英雄。吴蛮虽与我读过同一所艺校，学的也都是民乐，熟倒是不熟的，再说我也久不操练了。我最喜欢她弹到高兴的时候放开两只手敲打琴面的机灵样儿，像一只悬空轮翅的小麻雀，又像骑自行车时的双放手，好的不只是技术，还有心情。

吹笙人吴彤，要不是上海站结束后加演的那一段，我会停留在杭州站的印象上，还以为他唱得比吹得还要好呢。是"小楼吹彻玉笙寒"的笙么？是"相对坐调笙"的笙么？怎么可能摇滚？能，无限的可能。他和印度鼓手达斯，一个摇唇鼓舌地吹，一个指手画脚地打，吹吹，打打，情往似赠，兴来如答，将一场音乐会搅到最后，搅得我彻底不得安生！

马友友说，自己很可怜，一个中国人，却像犹太人一样流浪世界。但流浪的人有福了，流浪的音乐有福了。这些流浪的笙、琵琶、尺八、塔布拉鼓、鲁特琴、风笛、小提琴和大提琴，在一整张欧亚地图上撒野。与其说他们是音乐家，不如说是浪迹天涯的艺人。他们走过的每一个夜晚都是一千零一夜。他们把灵魂藏进弦管里，像把迷香藏在灵魂中，走过一座又一座城堡，团伙作案，骗取国王的珠宝，掳走公主的爱情。

2012 年 3 月 13 日

普鲁斯特三题

普鲁斯特的咒语

读普鲁斯特让我受尽折磨。对其文字的抗拒，犹如一个嗜毒者之对毒品，那种难舍的绝望，令人虚弱。我愤怒地将书合上，四下里寻找深渊，直想将它扔下去。对某种东西，你必须以恨的方式去爱。这就是贾宝玉几次三番在林黛玉面前摔玉的原因：求全之毁。

类似的情形曾经出现在我读沃伦的《真爱》、《时间中的二重性》等诗篇的时候。如果说沃伦是一位时间的定格大师，他在每一个间隙中透视和被透视、剖析和被剖析，抓住思维的末梢，并让这些小细末儿梢们像森林中被施了魔咒或受了惊吓的小动物一样，瞬间静下来，听诗人在时间的此岸缓缓地述说，那么，普鲁斯特，这位法国病人，却让你完全陷溺于他咒语式的回忆文字中，细若游丝的回忆，如此强韧，轻轻地越过事物，只需叫出一个名字，发出一个音节，就能唤出一片完整的场景。

普鲁斯特说："恰如某些民间传说的亡灵所经历的那样，我们生命的每个时辰一经消亡，立刻灵魂转生，隐藏在某个物质客体中。消亡的生命时辰被因于客体，永远被囚禁，除非我们碰到这个客体。通过该客体，我们认出它，呼唤它，这才把它释放。"就像沃伦把宝贵的初恋体验仅仅给了一个坐在杂货店前用吸管吮食的也许还不满十岁的小女孩，在普鲁斯特的文字中，到处散见这样一些人物，铁路旁卖牛奶咖啡的村姑、坐在老桥上的渔家女，以及乡村小径旁那些个矢车菊一般的少女们。她，她们，也许只适合存在于我们回忆的温床中，或随时间的推移逐渐成为一些回忆中被损耗的部分。"或许她只说一句话，嫣然一笑，就能给我提供意想不到的秘诀和线索，以便辨识她的脸部表情和举止含义，但之后她的脸庞和举止会很快变得平淡无奇了。"在唯恐幻想破灭的同时，作者又生怕"这个客体太小，一旦坠入茫茫尘海，在我们行进道路上出现的机会微乎其微"。然而奇迹出现了。

"喂，吉尔内特，来呀，你在干吗？"伴随着女孩母亲的一声呼唤，这个原本没有或根本就不需要名字的少女就这样植入了普鲁斯特的灵府——

好似护符那样产生奇效，把片刻之前还只是一个不

清晰的轮廓变成一个活生生的人。……这个名字载着
洁净的空气穿越时，在经过的地方上空铺展一片虹彩，
使那块地方隔绝起来，使她所指的那个姑娘的生活秘密
只限于跟他一起生活和旅行的幸福的人们；穿过山楂花
到达我肩头的这声呼唤表明幸福的人们与她的生活秘密
亲密无间的内涵，而我感到痛心疾首，因为我无法进入
她的生活秘密。

爱情，即美的咒语。"吉尔内特"，要知道这一发音在普鲁斯
特心中唤起的无瑕之爱是一整座花园，它天然吸附着一切美好、醉
人的因素。它让生活中一切所感、所念，像执于圣人之手的花洒一般，
喷出一粒粒紧致的水珠，向着心中的秘密花园。所有的字符也都张
开了透明的翅膀，着了魔似的向它敞开着，低诉着。透过这些恍惚
不定的细密如雨的文字，爱意被层层加深了，而这种爱，像雨后在
屋顶上散步的鸡雏沐浴到金光一样，焕然一新。

　　爱情的来临于普鲁斯特而言，是对晦涩思想的擦拭，对生命内
核的点亮。一个心智再强健的人，一旦滑入了爱情，就难免变得迷醉、
虚弱，演漾着不安的情绪。于是，现实一排一排倒下去，犹如事物
约定俗成的规律纷纷瓦解，眼里，心中，只恸涩着死一般迷人的心情，
宗教祭祀一般虔诚的，迎向一小片光明。

　　我忘不了那一丛山楂花，"没有人工的斧凿，全然是大自然自生
的，其天真的程度酷似乡村女商人"。它就生长在梅泽格利兹乡间
的唐松维尔庄园，因为斯万小姐可能会在这里出现，而使得这座庄

园成为了普鲁斯特心中的一处名符其实的仙境:

> 我发现小路上到处都充满着山楂花嗡嗡作响的香
> 味。篱笆活像一排小教堂隐没在丛丛簇簇的花卉中形成
> 一座临时祭坛;在繁花下的地面上排列着一方格一方格
> 耀目的金光,如同阳光透过一片彩画玻璃窗;繁花的芳
> 香甜蜜蜜,只限在祭坛的范围飘溢,我仿佛处在圣母的
> 祭坛前……凡是含苞待放的,就像粉红大理石杯的杯底,
> 露出红殷殷的花心。

在这段文字的最后他竟然说:

> 这株信奉天主教的小花木真令人快乐。

普鲁斯特是一位超越智力、追求本能的时空虚拟大师。他认为:
"智力之所以不配顶戴至高至上的桂冠,是因为唯有它能授予桂冠。
如果说智力在德行的等第上只占次位,那也唯有它能宣告本能占有
首位。"山楂花的肉质、丁香花的香气、母亲的吻、乡村姑娘的微笑、
路上的小石块,以及马车转弯处忽闪而至的树木、教堂的钟楼等,
都能让他产生爱的迷醉与幻想,但成就他这一超凡能力的主要却是
哮喘病,它最终在五十一岁上要了普鲁斯特的命。羸弱的病体使他
不具备去深入探索爱情之虚实的条件,因而他的爱情注定无法落在
实处,因而他笃信"美是一系列的假设"。

过去比未来更深不可测。普鲁斯特的生命是一页对折的纸张,

一半即完满。对折后的另一半可以一直空白着，也可以直接撕下来，抛入空中。是的，他马达强劲的想象力足够他忙活下半生了。那么，为什么普鲁斯特仍然"渴望在我面前突然出现一个农家女，好让我抱入怀中"？因为，"这种快感是各种思绪给予我的快感的一种升华。"

抽象的美，是艺术。而唯一能与艺术抗衡并超越它的，是爱情。爱情固然充满着空灵的气息，但也必然会有一个相对具体的诉求对象。当理想的爱情落在了实处，面对它，即便当代最拿得出手的科学技术，也是苍白的。因为爱情向着肉体，而肉体不可关闭。反之，失去肉体的爱，只能向隅而泣。诚然，很多作家会采用"空中语耳"的写法，相信他们有不得不然的苦衷，但假如借此刻意追求玄学，却不可取，因为真正一流的作家都是文成肉身，如杜甫、莎士比亚、福楼拜、托尔斯泰，等等。

前一阵子诗人欧阳江河来访，对我们说起他十岁的女儿正在玩电脑游戏，他让女儿不要再玩了，女儿却语出惊人："你这个肉体给我闭嘴！"是的，我们可以关掉电视，关掉计算机，甚至关掉游戏中某一个人物或一项武器，但唯独不能关闭的是肉体。哪怕是一个习惯于漫无指归的思想驰骋者，一个单凭想象即可完成全部人生的艺术大师，其生命也必将面临一个局限，即孤独的局限。

据说，普鲁斯特喜欢对着火车时刻表纵情遐想，想象某个秋夜，他下车时，木叶微脱，在清冽的空气中散发出枯败的气味。诗人或作家用语言去构建一个物质的世界，用艺术喂养灵魂。普鲁斯特放弃智力，离群索居，不在乎所见事物的绝对价值。从彼岸那实有的虚无，到此岸这虚无的实有，什么才能使人理解，为何一位智者却拥有一个疯子的脑袋？事实上，普鲁斯特也深知他迥异于人的病症并非只是哮喘：

> 我看见水上和墙面泛起的苍白的微笑与天边的微笑遥相辉映，不禁欣喜若狂，挥动已经收好的雨伞，连连高喊：咿喔，咿喔，咿喔，咿喔。但同时我感到我的责任不应限于这些叫人捉摸不透的咿喔声，应当努力弄清楚我为何欣喜若狂。

就在普鲁斯特手舞足蹈时，正好有个农夫经过，雨伞差一点就打在了农夫的脸上，因此神色有些不大高兴，于是他只得尴尬地寒暄道："天气真好，是吧，走一走舒服极了。"之后，普鲁斯特幡然醒悟："多亏他我才明白，同样的激情不是按预定的次序同时在所有的人身上发生的。"物、人、情感和思绪，在同一时刻苏醒，相互支持，建立起一种唯有艺术家才能深悉的秩序。普鲁斯特此时的错愕与孤独，犹如诗人里尔克借《杜伊诺哀歌》对着永恒说："如果我叫喊，谁将在天使的序列中听到我？"

当一个人拥有如此强大的叙述虚无的能力时，我们反而要怀疑虚无的虚无性了。渐渐地，我感到阅读普鲁斯特最大的困难，是由文字引发的无尽漫游。虽然，普鲁斯特说真正的艺术无需大肆鼓噪，那是在静悄悄中完成的。虽然我无端花费了十五年的巨资，筑起了我一个人的大观园，但我不得不提醒自己折返现实的世界，就像我明白爱情的胜义是：我们不能一味地沉湎于想象，还有一个实有的生活在等着我们去拥抱，正如上帝必须通过耶稣的肉身才能彰显其深邃的意义。

永远其实并不遥远，只是从此到彼，不过一生而已。在某种意义上，普鲁斯特是在帮我完成一封给爱情的信。因为他在叙述美，因为爱情是美的咒语，也因为爱情与美互为印证。

2012 年 2 月 26 日

寻找天堂的入口

清晨，我被一记玻璃滑过水面的声音唤醒，它像极了我专门设置的一种手机短信的提示音。睁开眼，一小片亮光从隔壁的房间透出来，溟蒙，含混，好像在与我身边的这团黑暗交换着边防意见，而我也慢慢厘清了那声响的来源：不是真的声音，而是意念。

从昨晚开始，我就想着要描摹一下或捕捉一点普鲁斯特思绪中那种轻盈曼妙的，片状、雾状、云状的东西，我为他这项捕捉虚空的能力深深着迷了。而且我和他一样坚信，那虚空中的确存在着一些可以被我们固定下来的东西。可是居然下雪了！

开窗雪尚飘，一片一片，不可思议地飘着。这叫人怎么静得下来？雪下得如此稀罕，都早春二月了。它们像风中急匆匆的赶路人一样，片片斜逸到一边，这证明雪下得很大，我应该跑出去，在雪地上大叫，乱跳。总之，我不能这样待在屋子里无所事事。可是，它们渐渐成直线下坠，越来越小。我反而称心如愿了，因为雪花正在受雨水夹击，成不了什么气候。于是我又做回那个床后有一架中国屏风的普鲁斯特，一心一意地码字了。

我想，如果此刻普鲁斯特在我身边，他一定会附和我说，这雪来自钢琴家之手，而世界正在举行一场白色的沙龙聚会。那双手酷似肖邦，在弹奏一个婉转曲折、极尽冗长的句子，就像他笔下的德·洛姆亲王夫人在巴黎沙龙中所听到的：

> 那样的自由，那样的柔曼，那样的容易感受，乐句开始时意在寻觅，总想逸出最初的方向，远离人们早先希望它们的切点所能达到的地方，在奇妙的僻壤游荡之后，更为坚定的返回来叩击你的心房，这返回的路程是事先精确布置好的，就像击打水晶物时的振荡声使你连声叫绝。

对普鲁斯特来说，这世上没有什么是不能形容和触摸的，他像一位绝妙的乐手，调度神奇的听觉、触觉和嗅觉在弹拨着你的神经，那样的轻率而精准。正如他能分清光线的投影是被剥蚀了的，还是被驯服过的，正如他看见声波是菱形纹的，钟声是铜黄色的，而姑娘的嗓音是淡紫色的。

轻盈的人容易靠近天堂。

普鲁斯特想象力的铺张与浪费简直到了无以复加的地步，足以带他去到任何地方。是的，普鲁斯特是一个酷爱散步的人：

> 每逢我们去梅泽格利兹那边散步……
> 这个秋天我们的散步尤其惬意……

我们在盖芒特那边散步……

有一次我们的散步大大超过了平时的时间……

那么，散步会对普鲁斯特产生怎样的奇思妙用呢？想想他的外祖母就知道了：

我外祖母的小跑根据她内心起伏的波澜而调节；暴风雨的狂劲儿、卫生保健的威力，对我愚蠢的教育，花园的对称划一都会引起她心潮澎湃。

同时，外祖母只要一想到普鲁斯特虚弱的身体，薄弱的意志，困惑的前途，就会在下午和晚间不停地跑来跑去，牵肠挂肚，寒冷和忧思每每使她流下泪来，她却总是让眼泪在皱纹纵横的脸上自然干去。

一般人散步是为了保持健康或排遣忧愁，而普鲁斯特的散步却是为了遭逢奇遇，寻找天堂的入口。有一次他在林子里散步，一处房屋、一块石子的反光和小路上洋溢着的气息让普鲁斯特驻足停留，仿佛其中隐藏着某种肉眼看不见的东西，吸引他去发现，去摄取。工兵的探测器发现了地雷，他立马卧倒，轻轻打个手势：嘘，别做声，你们先过去，我留下来对付好了。这种发现给予普鲁斯特"一种未经思考的快乐，一种文思四溢的幻觉"。这种游戏频繁出现，他经常会感到有个东西来自深处，移动，上升，并能感到它上升的阻力和激起的声响。还有一次，马车行驶至一个林荫园径的路口，他因为三棵似曾相识的树，而顿感时空交错，意识在遥远的年代和眼前的时刻之间磕磕绊绊，于是：

> 我凝视三棵树，昭昭在目，可我的心总觉得它们遮盖着什么，便六神无主起来，就像放得太远的对象，我们伸直胳膊，手指勉强碰得上对象的封套，怎么也抓不住，干著急哩。于是我休息片刻，再使个猛劲把手臂伸过去，千方百计到达更远。

这个一再令普鲁斯特憋气凝神，伸长了胳膊意欲生擒活捉的东西是什么？他让我想到了日本的空手道，中国的神婆，或是孩子们常干的那种扑蝴蝶、捉蛐蛐的把戏："抓住了，抓住了！毛茸茸，还是滑溜溜？"这位屡屡以诗人自居的小说家描述的这些，让我极为自然地想到自己的一首旧诗《灰雀》：

> 我知道有些什么在那里，
> 当我倾听，发丝低垂……
> 在答案被灰雀的啼叫取代前，
> 我保持着闭目冥思的姿势，
> 以延缓嘈杂过快地侵入我的身体。
> 假如这寻绎与隐匿的游戏
> 将终我一生——
> 即当我老去不复存世
> 而它依然在那里，

那么将由谁来延续这冥思，

在下一只灰雀将这一切打破之前，

谁将得到启示？

　　当普鲁斯特调动意念，敛声静气，骤然冲向那三棵树的同时，事实上他冲向的正是他自己的心："因为在心的尽头我看见了那三棵树。"三棵树的场景在他心中引发的是一个隐喻，而这个隐喻，我想正是被我们称之为灵感的东西。然而，灵感向我们呈现它自身的时候，并不表示它愿意在同一时间向我们揭示答案，有时只是一团蒙昧的烟云。普鲁斯特认为麻烦就在于灵感自己不会说话，像个惹了春意的女孩，心事需要别人去猜。

　　　　马车把我带走了，远离了只有我信以为真的事情，
　　远离了也许会真正使我幸福的事情：马车活像我的生活。
　　我望见那些树挥着绝望的手臂远去，仿佛对我说，你今
　　天没有得悉我们的事情，你永远都不会知道了。

　　据说，凯尔萨人信仰逝者的灵魂被禁锢在某些低等物种的躯壳内，一头畜生，一株植物，或一个无生命的对象中，直到有一天人们经过它，发现禁锢在其中的灵魂。于是灵魂大为震动，呼唤偶遇的亲人，一旦相认，便打破了魔法。很显然，这位永远不会长大的孩童普鲁斯特对此深信不疑，为不能破译三棵树的语言黯然神伤："仿佛失去了一位朋友，仿佛自己刚死去，仿佛刚背弃了一位亡人，或仿佛刚有眼不识一个神祇。"而在他母亲的眼中，普鲁斯特永远

是一个四岁的孩子，一个"家中的白痴"。

那么，经历了那么多次寻绎后，这位伟大的小说家兼心事重重的巡林人，竟从未有所斩获吗？终于，马丁维尔教堂的钟楼给了他一份特殊的"幸福感"。这次，当他感到钟楼移动和反光的背后蕴藏着某些秘密时，他在心中自问自答，最后奋笔疾书下一段，从而平息了心中的激荡。普鲁斯特兴奋之极，说这东西就是我们印象的精妙之所在，一旦被我们察觉，我们就产生无与伦比的快乐，甚至一时忘乎所以，把生死置之度外。"痛快得像只母鸡，仿佛刚下完了蛋，扯开嗓子唱了起来。"而在我看来，他当时记下的那段令他心满意足的文字平淡无奇，远不如他初见钟楼时那惊心动魄的感受来得动人。正如"对象、地域、忧愁、爱情，好像都是如此。拥有者察觉不出其诗意。诗意只在远处闪现。"但是，普鲁斯特邂逅钟楼的这段遭遇无可辩驳地说明了，他每一次才下眉头、却上心头的那种感觉，正是诗人、作家们顶礼膜拜的灵感。

最令我难以置信的是普鲁斯特对生活那广袤无边的激情。他最终相信真正的天堂在自己的心中，犹如他用一生的时间实践了成为小说家的梦想，超越了人类的生命必然走向死亡的宿命。他对天堂的理解，不仅仅是个体与万物之间的相互发现与启迪，同样也投向每一个在他身边出现过的，哪怕是最微不足道的生命，对一切饱含着人的深情与神的品性。要知道在贵族、贫民等级制度泾渭分明的当时，这并不容易。一天他坐火车，在铁路上看见了一位卖牛奶咖啡的乡村女子。

　　我向她叫牛奶咖啡。她没有听见我叫喊，对这个生命

> 我未作出过任何贡献，她的眼睛不认识我，她的思想没
> 有我的存在……我多么想摄取她的生命，跟她一起旅行。

他甚至担心，假如此刻看着她的不是自己，而是另一位携带情人的男子经过她，那么她就不会进入他的视线，她将因永不存在而失去意义——

> 对我来说，现实是个体的，不是找个女人，而是找
> 某个女人，为了高攀她，我不辞辛劳，只要她和我沐浴
> 相同的阳光相同的气候。

普鲁斯特的生命是一株向日葵，他仰望着，抚触着，呼吸着每一缕阳光，对一切都充满着爱意，怀抱着恩泽心情。其心思缜密的程度除了他自己的文字，再也没有什么东西可以替代了。面对这样一个轻如云翳的灵魂，我们除了闭上眼睛去倾听，还能做什么？因为任何一项行为的背面或侧面，直角或锐角，都有可能会刺伤或折断他纤细的纤维。

普鲁斯特的漫步人生，寻找天堂，让我想到但丁《神曲》地狱篇的第一圈。荷马、奥维德、苏格拉底、柏拉图等赫赫有名的诗人与圣哲被幽禁在这天堂与地狱之中央的林菩狱，他们穿过七重门，眼神缓慢而庄重，漫步到了一片青翠如珐琅，开阔、光辉而隆起的草地上。他们希图天堂的愿望悬而未决，因为，"他们没有希望得生活在欲望之中"。也许，这些往日的智者们正聚在一起交头接耳，有的捂住胸口暗自伤怀，有的讥笑别人的问题比自己严重；有的抽烟，

叉腰，仰天长叹；有的一只手扎入头发，另一只在地上画字……哎，这群云中漫步，视真理为生命的人，很可能永远都拿不到天国的签证。世俗的界定统治着人界与神界，伟大如但丁也未能免俗。

是否这就是诗人的圣地，天堂的入口？而我听说，天堂里有幸福，也有痛苦。痛苦一旦消失，梦想也随之消失，剩下的只有幸福的哈欠。从阳台上望下去，我看见一棵光秃秃的无花果树孤零零地站在花园中，我相信不久后它就会带给我一个惊喜。雪已经停了很久。

2012 年 2 月 28 日

接一个有思想的吻

读普鲁斯特这位雅士的意识流小说，你往往需要在目光掠过文字的同时，顺手撮起一些纲领性的句子，就像恍惚间进入了一条无穷无尽的巷子，在每一个转弯或者抹角处留下些记号，就像那位误入桃花源的渔夫所做的那样。否则，你会缓不过神来。不过，渔夫的经验告诉我们，即便做了记号也未必就一定能缓得回来。哪怕是普鲁斯特自己，也时常会有跟不上自个儿趟儿的时候，有时还会出现同一记忆被反复拿出来描红、编织的情况，而且手法和路径惊人相似。

当然，如果把《追忆似水年华》这样一部长达三百多万字的超长篇小说比喻成一部浩渺的交响乐，那么重复出现几次音乐主题以升华作曲家心中萦绕不去的衷肠，似乎也并不过分。我无意揪他的小辫子。对于这样一位幽默风趣、亲切体贴而又礼貌过人的沙龙宠儿，永远年轻的优雅骑士，缠绵病榻的孤独旅人，心神不宁的双性恋人，一切劣迹败行在我眼中都是可爱的。有一些人因为品性诚实的缘故，会让人产生一种坏得无可挑剔的感觉。

我盯着普鲁斯特的肖像，凝视着他那双显得极为专注却又毫无中心思想的眼睛，活像我们透过玻璃缸看见的神经质的鱼眼，又好似一段摇摆不定的音乐主题，永远新奇，却猜不透它的含义。在我看来，普鲁斯特的这双媚眼竟毫不逊色于盖芒特家族成员那"探测性致意"的眼神："从介绍人嘴里听到你的姓氏，便向你投下一道目光，一般是蓝色的，总像钢铁那般冰冷，仿佛要钻到你的心窝的最深处，却完全拿不定主意向你问好。"是啊，天知道这双眼睛在想些什么？哦，他在想——

> 人显然是比海胆、鲸鱼更高级的生物，不过他还是缺少一些重要的器官，特别是用来接吻的器官，竟是一个也没有。因为缺这器官，人便用嘴唇来代替，如此这般，其效果也许比用一对獠牙去爱抚所爱者更令人满意那么一丁点儿吧。

英国作家阿兰·德波顿在讲普鲁斯特的书中有这样一段话："从某个层面来看吗，接吻不过是用一块柔软多肉且潮润的皮肤组织摩擦相应的一块神经末梢区所产生的快感，如此而已。但是我们对接吻的期待远非如此。"德波顿认为，经由接吻，人们向往的是更高的占有形式，代表了情人间对彼此身体深入漫游的许可。

当普鲁斯特在阒无一人的房间里经历了无数次接吻的向壁虚构

后，他终于求得了阿尔贝蒂娜的一吻。然而，他的感受竟是：

> 像在用长牙爱抚，而且接吻的姿势笨拙之极，看不
> 见她，鼻子太碍事，差点没闭过气去。

他的初衷是寄希望于通过接吻来回味男女初遇时的情景，以及由女性引发的全部人生的思考，比如怀旧之情、夏日海洋的气息和逝去的青春等等。也就是说，他需要接一个有思想的吻。鉴于以上症状，我认为普鲁斯特假如改行去研究生物学或物理学，估计也是不会令人失望的。因为他有的是思想，而思想高于一切。任何小说家多少都脱离不了自我讲述的本能，像普鲁斯特这样忠于直觉且到了无可救药的地步，我们更无须怀疑这一点。在《追忆似水年华》中，他隐身于一位叫斯万的男士，并在亲吻前做了一番长考。

> 斯万用双手把她的脸捧住，保持一定的距离。他想
> 让他的思想有时间跟上，认出长期以来所怀的梦想，看
> 一看梦想变成现实，有如请一位母亲来分享她爱子的好
> 成绩。斯万盯视尚未被他占有甚至尚未被他亲吻的奥黛
> 特的脸，也许想最后看一眼，就像启程的人在离开前把
> 眼光投到再也见不到的景色。

只有缺乏行动的人才会耽溺于思想。我不禁想到普鲁斯特的弟弟罗贝尔，他这样评价大哥的大作："要想读《追忆似水年华》，先得大病一场，或是把腿摔折，要不哪来那么多时间？"可是想让这

位贤弟生一场大病谈何容易？据说，罗贝尔有一次被压在了一辆装有五吨煤的车轮下，居然顺利脱险，甚至没有留下一星半点儿后遗症。普鲁斯特呢，阿兰·德波顿曾为他的病痛开具过一份辽阔的清单。与这位睡前只能喝四分之一杯水，否则会因肚子里有一CC水的波荡而无法入眠的，"因兼有异能而遭诅咒"的仁兄相比，罗贝尔贤弟这副经打经摔的结实体质，想必连得一场感冒的愿望都难以实现吧？

　　不过，一身的病让普鲁斯特拥有了更多操练灵魂的机会。他说快乐对身体是件好事，但唯有悲伤才使我们心灵的力量得以发展。这一理念不仅使他强大的心灵得到了蓬勃的发展，而且还强有力地支撑起了普鲁斯特勇往直前的自虐精神。他认为，男人们虽然会为自己钟情的女人备感折磨，但悲伤却能激发出一种独特的情感，强烈而深刻，简直令人神魂颠倒，这种裨益是任何天才都无法办到的。因此，生一场冗长的病，对于擅写一手冗长句子的普鲁斯特而言，简直是上天的特地垂青。

　　对于虚弱的体质而引发的悲伤情绪，以及因此可能带来的中彩般的好处，除了普鲁斯特自己外，他的母亲更是百般珍惜。当巴黎上流社会的达官贵人们因不忍久违而频频问询这位显赫的作家的身体状况时，让娜·普鲁斯特夫人的反应，好像"宁可他灾病不断，诸事由人，也不愿他身体康健，尿路通畅"似的。因为常年照顾普鲁斯特，这位母亲早已习惯了她的长子永远只是一个四岁的孩子，以至于普鲁斯特生命中最不能忍受的灾难竟是与母亲分离，以至于儿子曾这样抱怨母亲："一旦我身体好一点你就心烦意乱，非到我又病了，你才称心如意。有了健康就得不到关爱，真是叫人伤心。"

哪怕同在一个屋檐下，他也要写以"小妈咪"开头的柔情蜜意的家书，在黎明之前深情地塞进母亲卧房的门下，而内容仅仅只是告诉亲爱的小妈咪，他侧侧力力，辗转不眠了，所以只好写小字条告诉妈咪，我一直在想着你。写信时这位乖儿子的年龄是三十一岁。

因此，假如问普鲁斯特，倘若在这个世上你只能得到一位女性的吻，你希望她是谁？我想他会毫不犹豫的滚进小妈咪的怀抱，用满怀爱意的獠牙为母亲送上一个心满意足的吻。

普鲁斯特通过书中的人物这样描述妈妈的吻：

> 我上楼睡觉时，唯一的安慰是妈妈在我上床后来吻我。但她道晚安的时间太短，转身下楼太快，以致每当我听见她上楼，听见她经过双门走廊时她那挂着草编饰带的蓝色平纹细布套裙窸窣作响，我便感到一阵痛苦。

母子间的这项终生相伴的睡前仪式，令他的父亲大为光火："不，行了，别纠缠你母亲了，你们这个样子道晚安该收场了，这种表示真是荒诞可笑。"因此，母亲也竭力希望扭转儿子的这项需求，只要家中来了客人，哪怕是最寻常的邻居串门，她也就让儿子独自上楼，不再吻他了。

> 我不得不离开，没领到盘缠就上路了。硬着头皮蹬每级楼梯……因为她还没有吻我，我的心没有得到她发的许可证，不肯跟我回房。

这是凄惨的夜晚，他只能"掀被子，为自己挖好坟墓，穿上裹尸布似的睡衣，把自己埋进床单"。要知道，这令人发指的活宝天才，本来已经借着餐厅明亮的灯光，早就开始用目光在母亲的面颊上选择好了即将亲吻的位置，为这一个"珍贵而易逝"的吻做好了深刻的思想准备。

说到接吻与接吻的深刻性，我记忆的搜索引擎立马为我挑拣出了另一位旅居海外的华人钢琴家。他也是一位绝对优雅的男士，一切都遵循着事物必然的规律。生活中，他处处保持着作为艺术家的谨慎风度，而当他沉浸于黑白起伏的琴键，他的身体便会掀起一阵阵那种唯有水流至深时才能自然形成的孟浪。

谈论普鲁斯特，似乎首先得学会抛开主题，东拉西扯，否则不能得其神髓。那么，在引述这位钢琴家的接吻理论之前，我们先来穿插几件奇闻趣事，就从多年前的一场音乐会开始。那场音乐会邀请的正是这位钢琴家，作为主办者，会后我十分兴奋，充满了艺术参与者应有的荣光。因为我坚信每一个听众都和我一样，毫厘不差地感受到了他动情的表达。客观地说，差一点，只差那么一点，他因太过陶醉而导致不断抽搐与痉挛的右腿就快抬到琴键上去了，最要命的是，它还时不时左右摆动几下。腿的主人似乎也意识到了，偶尔试图将它按捺下来，但不一会又抬上去了。没办法，谁叫这也是一条有思想的腿？我也终于领会，原来思想对灵魂的煽动会伴随着肉身如此强烈的反应。

虽然情况完全不同，但既然提到钢琴家，我忍不住又想起了那次沙龙上，一位钢琴家弹奏李斯特的曲子，引发了一名贵妇人的痛苦情状：

> 德·康布勒梅尔夫人正在显示受过良好的音乐教育，
> 她摇头晃脑地打着拍子，脑袋像节拍器的摆，从一个肩
> 头晃到另一个肩头，摆动的幅度很大，速度很快，她的
> 目光迷迷蒙蒙，似乎内心的痛苦已不在话下，不必去管
> 它了，好像在说：那有什么办法呢！

我的闺蜜钱舟是著名的小提琴演奏家，她说她最不能理解的是，
为什么国内有些演奏者刚一上台，连乐队的前奏都不曾响起，就跟
体操运动员上场前那样，猛一抬头，一挺胸，一翘臀，然后左手抡
起一个弧度，举起小提琴，把它夹在下巴底下。一套动作完成得如
此流畅而规范，就像好戏开场前的锣鼓，拍卖进行前的提示，法官
宣判前的肃静，以及"嗨希特勒"式神经质的举手礼。

真正的音乐须是自我的渐次进入，像水一般漫过作曲家的思想，
然后慢慢地与自己汇合，直到充满。一个小提琴手哪能像一个体操
运动员上杠前那样亮相，谢幕时又那么夸张地把小提琴像火腿一样
举过头顶？

现在，让我们再回到那位旅居海外的钢琴家吧。与普鲁斯特顽
强的恋母癖不同的是，他只是沾染了比较严重的洁癖。每次吃饭前
他不仅要把自己面前的盘子擦得咯吱咯吱响，而且还请求在座的其
他宾客，允许自己帮他们擦。显然，在巨大的好奇心的驱使下，有
人问道："你这么爱干净，那么你和女朋友接吻的时候呢？要知道，
口腔内的成分并不那么单纯。"

　　钢琴家放下手中擦了一半的盘子，摆正上身，头部微微侧到一边，以充分地表现出一位艺术家深思熟虑的思想性。他和颜悦色地回答："酒精啊。事先用酒精消毒过就可以了。"说完，他继续擦盘子。可怜我们满桌的人，一个个崩溃得只想把面前的盘子全都扔到地上去！

　　想想吧，这位充满思想的钢琴家在房间里为女友抹酒精，就像夏威夷海滩上的绅士在为女士涂防晒油。这样的场景有可能实现吗？不可能实现的。钢琴家至今未娶。小说家普鲁斯特的恋情也只能是一个永远的传说。如果说小提琴家的独孤一生、钢琴家的孑然一世、小说家的虚梦一场是一种宿命，那么我想，并非上天刻意安排了这一切，而是这些执着于生命和艺术的灵魂让命运之神悄悄地改变了主意。让我们透过艺术，向他们致以最深的爱意吧，在他们的额头印上一个有思想的吻。

2012 年 3 月 1 日

麦卡勒斯:把疯狂烧成诗

　　我最喜欢的美国小说家是卡森·麦卡勒斯(Carson McCullers,1917–1967),假如没有其他作家跳出来反对的话。可是这位迷人的女魔头一生备受如福楼拜说的"水军"的摧残,自十五岁患上风湿症后便百病缠身,得过肋膜炎、链球菌喉炎、肺炎,做过乳腺癌切除手术,还屡遭庸医误治,第三次脑中风后瘫痪在床,尝试过自杀,不过最终还是死于一场昏迷:延宕了四十七小时的脑溢血。多么遗憾,照片上这位狂笑不羁的麦卡勒斯小姐竟只活过区区半百,叫人怎么忍心效仿呢!如果天才非得短命,那么心宽体胖的作家该怎么办,还活不活了？

《心是孤独的猎手》、《金色眼睛的镜像》、《婚礼的成员》、《伤心咖啡馆之歌》、《没有指针的钟》，从这些书名中，多少能猜出作者哪里出了点问题。除了这五部长篇，目前能读到的中文版还有李文俊先生翻译的六个短篇。死后，她妹妹又查漏补缺式的将几个未曾发表过的短篇和随笔一起收在了《抵押出去的心》一书中。听说还写过诗，可惜未曾见到。

麦卡勒斯在一篇随笔中谈道：孤独是最大的美国式疾病。欧洲人在家庭纽带和死硬的阶级愚忠之中获得安全感，几乎完全不懂得那种精神上的孤独，这对美国人来说却是自然而然的。"没有比个体意识对自我身份认同及归属感的索求更强有力和更持久的主题了"。所以，麦卡勒斯在每一个故事中很顺手地处理着孤独与疏离的主题。

读她的东西，就像看那位希腊籍意大利画家契里柯的画，《一条街的寂静与忧郁》。表面上十分宁静，却总像会发生一些什么，充满着某种预感。她对环境的营造甚至不依赖夜晚，直接暴露在光天化日的午后。她的语言之清澈、直白，一如她所向往的爱琴海岸上的太阳。一个个顿挫、肯定的句式，将残忍日常化，像一个徒步短刀的杀手，身怀毫不矫情的深刻，越平和，越心狠，也越手辣。读起来简直有一种掺杂着些许墨绿色的烟灰风，虽全然区别于暴毙型的巴别尔文风，但确有一种非常迷人的落拓气质。有时神秘，有时矛盾，弥漫着一丝近乎问题少女般的疯狂气息。这是特别讲究"心理卫生"的十九世纪欧洲作家无法企及的。

心是孤独的猎手。藏身于形单影只的小说家后头，在一个寂静、

闷热的小镇子里走街串巷、游手荡心时，我由衷地钦佩作者叙述的
耐心。她把每一个人都当成主角来写，把文字当成最平常的日子过，
把笔墨、心智均匀地分配给她吹活的每一个人。

《心是孤独的猎手》一开头的名字叫《哑巴》。小镇上飘满了
有关聋哑人辛格的流言，这个沉默友好的男人因为残疾反被人们奉
为了上帝。

最近的几年中，每个人都明白根本没有真正的上帝。
当她想到以前她想象中的上帝的模样时，她却只能看见
辛格先生，他的身上披着长长的白单子。上帝是沉默
的——也许正是因为这点她才想到了上帝。

对于用双手发言的聋哑人辛格来说，任何一个微小的手势都代
表了某种精确的含义。辛格沉默的时候—双手总是紧紧地插在口袋
中。福楼拜在那本有趣的小书《庸见词典》中有关"手指"（Doigt）
一词的说法是：上帝无处不插手。

"你是这个镇上唯一能听懂我说话的人……两天啦，我一直在
脑子里和你交谈，因为我知道你明白我想说什么。""他倾听的时候，
脸部是温柔的，犹太式的，一个属于被压迫民族的人的理解力。"

人有被倾听与被理解的需求。一般人对细节争辩得太多，真理
往往在途中被消解掉了。在人与人这绝非相同的个体之间，要进行
双向而又无间的交流非常困难，而礼数、修养的维持又绝不会比最
短的 PEA 爱情浓度指数更长，因此能够找到一个单向度的纵容和理
解自己的对象就变得十分可喜。聋哑人过滤了所有的嘈杂，内心的

天平保持着自然的稳定，一切风吹草动也不过是心灵弯曲的微笑和悲悯。辛格，一个独善其身又乐于聆听的聋哑人，在现代社会里就成了一个完美无缺的圣人，总让你觉得跟他共有着同一个秘密，而你自己却不知道它是什么。

上帝死了！辛格自杀了。当得知聋哑伙伴安东尼帕罗斯死在了疯人院里，无声的辛格选择了开枪自杀。有人将小说题材指为"同性恋问题"，可全文并无一处情色爱恋之嫌，生生扣住的关键词只有一个：孤独。什么样的情感可以称之为爱情？男人，女人？欢愉的爱情，在四处寻求释放的孤独心灵面前，又算得了什么？

如果你认为十七岁就参加了文学创作班的麦卡勒斯，只是一个单纯执着于心灵倾诉的文学女青年而不存一丝野心，那就错了。卡尔·马克思、法西斯、犹太人、白人副警长、着装鲜艳但表情愤怒的黑人、工人、移民、佃农等等，小说里她于静悄悄中同步处理着的，是一个既古老又棘手，甚至想起来会让人心生厌倦的主题——黑白种族之战。

南方，在美国作家眼里是一个关乎人格的形容词。田纳西·威廉姆斯很自豪地说："卡尔精神的纯洁，她的温柔和仁慈，这些都是我们南方各州一位女士所具备的品德。在那里，'女士'这个词不是一个称谓，而是一种品德。"要有怎样炽烈的情感、敏锐的认知、天纵的才情和革命家的雄心，才能支持小说中艰难人性的每一步旨意深明的跋涉？此时，这位孤独的猎手，南方"女士"，才二十二岁。我想起那年在台湾东海大学校园里，社会学家赵刚教授突然站定了，问我："你运动吗？"当时我目光呆滞地回答："我平时连走路都很少的。"对比之下，我的存在是多么幸运，又是多么苍白无力！

为麦卡勒斯赢得"二十世纪最重要的小说家"名声的，仍然是她的首部长篇《心是孤独的猎手》。好在她的《伤心咖啡馆之歌》等后续的几部作品风格更趋成熟，语言个性也更为鲜明，足以取信于挑剔的读者。而且，基于后者的杰出表现，倒不难理解《心》之所以是她处女作的原因。也许吧，很多人的第一次，不是因为紧张，而是过于人尽其才、物尽其用，把想说的想表现的都试图而且真的全都说了出来表现了出来。但她的第一次肯定没有演砸，就像在高温晕眩的教室里高考没有流鼻血昏倒一样幸运。不仅如此，她还给了读者以沉重的一击。

必须去思考，孤独是什么？

孤独是女生日记里蒙羞被好、不訾诟耻的矫情，还是那喀索斯氤氲暧昧的水仙倒影？是诗人心中恨恨欲死又取之不竭的爱意，还是煽情大师到处讲用、举国若狂的悬想？麦卡勒斯的孤独，是一幅呼之欲出的浮雕，是一个无声的聋哑人从梦中醒来，惊见于自己的双手在空中打着疯狂的手语！

让我们直接面对文本，听一听孤独的声音吧。

　　——有些曲子，太私人了，没法在挤满了人的房子里唱。这也很奇怪，在拥挤的房子里，一个人会如此的孤独。

　　——他很想把这事说给一个人听，如果他能大声地说出所有的事实，也许就能弄清令他困惑的东西。

　　——"不说话也可以是争吵。"鲍蒂娅说，"我感觉，就算是像这样静静地坐着，我们之间也在争论着什么。"

——你只用脑子思考。而我们呢，我们说话，是出
自内心深处的感情，它们在那里已经很久了。

——有些事情你就是不想让别人知道。不是因为它
们是坏事，你就是想让它们成为秘密。

小镇，是麦卡勒斯式忧伤的秘密宝盒。就像《心》书中少女米
克藏在床下的那只鞋盒，里面有一把她永远无法做完的小提琴。麦
卡勒斯总是喜欢让故事发生在一个接一个封闭和荒蛮的微工业小镇
上，《心》、《伤》、《婚》等等，屡试不爽。这种坚执令她别有一
种胆识。反过来，因为她相信爱能驱逐孤独的恐惧，让人变得坦诚
而宽容，于是，心灵深处对叙述的冲动又使她获得了浩渺。但备感
寂寥的是，她笔下的那些人物，不仅没能在人群中找到一份精切而
确当的爱，而且最终都被淹没在了失落之后的更广漠的孤独中——

咖啡馆老板比夫成了鳏夫；梦想成为钢琴家的米克当上了一名
售货员；七岁的巴伯尔小弟因为喜欢五岁的小贝贝而枪击了她；热
血黑人青年兰斯死于游乐场的混战；少年哈里因爱情失身避走他
乡；心智康健的安东尼帕罗斯死于疯人院；上帝辛格打爆了自己的
头颅；肩挑使命的黑人医生考普兰德移居乡下养老；业余革命家杰
克再度失业身世飘零……啊，我真佩服麦卡勒斯跟幸福过不去的伟
大存心！

不过小说人物的命运再鲠闷悲伤，也敌不过她本人现实生活的
荒谬绝望！在那半身不遂的有限生命中，她与丈夫利夫斯一起尝遍
了婚姻所有的可能性：结婚——离婚——复婚——再分居，然后情
投意合地在巴黎的某个酒店中商议如何双双自杀。这段出生入死、

错乱到战栗的孽债奇缘终以麦卡勒斯只身返回纽约，留下利夫斯一人在酒店结果性命而结束。

再来说说麦卡勒斯给我的第一次馈赠——《伤心咖啡馆之歌》吧。强力惊艳。磁铁般的吸引。一种被拆散了的世纪荒蛮感，像一个装在麻袋里的人被无数黑暗的拳头击打，痛感七零八落。

麦卡勒斯的小说充斥着阒寂空阔的忧伤。诡谲如一张张被钉在小酒馆墙壁上的水手海报，荒诞、无辜的存在感静止在那里不动。她制造的荒诞感极富视觉性，使得这种静止不动在阅读中被读者自动置换成了一连串跳动的画面，像早期的电影，理所当然地给人以真实就是荒诞本身之感。这种沦肌浃髓的存在感，将人迫入死角，甚至怀疑这样的存在是没有必要的。细细体会，这种感觉正是麦卡勒斯想要交予我们的，是我们已经接受到了的一切，称之为荒诞也好，疏离也好，归根结底，是人自出生以来便已存在了的根深蒂固的个体孤独。人性本身有自己寻找出路的要求，于是身体被各种弱点牵制着，奔走趋候，惶惑无依。

当把问题放在了这样一个位置上之后，很多问题就变得失去了谈论的意义。合上书，你只想找个没人的地方，坐下来，喝一杯。

写到这儿，我想到了加西亚·马尔克斯的《百年孤独》。这时的麦卡勒斯，珠宝店主的女儿，已成长为一名精湛的技师，每落一锤，都能收回一记叫人警觉的振荡。

孩子、咖啡馆、音乐、爱情，是麦卡勒斯文本的嫡系纵队。它们像一个盆景师手中把玩不辍的几块山棱顽石，依据季节、空间和背景的变化，以及个人审美的转变，移动、重组。试着去分析这些元素，能组合出一个怎样的麦卡勒斯呢？

麦卡勒斯有执拗的未成年情结，用于抵御文明给人带来的疏离感。在《伤》、《心》、《婚》，还有短篇《神童》中，你几乎能在绝大多数的故事里找到同一个小孩。读着读着，会突然生一种恍惚：这个世上怎么会有那么多小孩？在《伤》中，有一段关于儿童心理的正面描写：

> 儿童幼小的心灵是非常细嫩的器官。冷酷的开端会把他们的心灵扭曲成奇形怪状。一颗受了伤害的儿童的心会萎缩成这样：一辈子都像核桃一样坚硬，一样布满深沟。

咖啡馆里很多人喝酒却很少人喝咖啡，为什么还叫咖啡馆不叫酒馆？全世界都一样。如果自由是一个小孩应有的权利，可以耍赖的正当理由，那么他/她为什么还渴望长大？长大，就意味着必然走向人类的文明。在成人的世界里，人们自觉地在规定的背景中起舞。社会是一个剧场。不容否认，艺术的成功与否，很大程度上取决于在怎样的剧场中演出。

麦卡勒斯的第一个梦想是钢琴家，由于她的音乐老师玛丽·塔克夫人搬家离去而不得不中止学习（塔克曾向传记作家弗吉尼亚女士表示，麦卡勒斯并非一个天生的钢琴家），她便迅速改口，其口吻十足一个自尊心受挫的小孩：我根本就不想当什么钢琴家，我只想当一名作家。

人类的自我意识，是从琢磨自己的声音开始的。这说法应该没有问题。人们通过捕捉声音，即后来的音乐，去辨认、重现甚而创造一些转瞬即逝的东西。某种意义上，音乐品味决定了一个人的艺术命运。麦卡勒斯的音乐视野并不宽阔，莫扎特、贝多芬、约翰·鲍威尔和几位音乐剧作家给了她足够的滋养。这不重要，音乐知识的多少不能决定音乐品位的高低。

麦卡勒斯敏锐、尖利的音乐修养，不仅赋予了她一种早熟与沧桑情调调和之下的独特气质，还为她的现实主义小说划上了不可言喻的灰色烟圈一般的美感：

> 那首前奏曲欢快多采，犹如晨室里的一面多棱镜。它具有一种孤独者不惧怕汇入整体的高尚精神。（《旅居者》）
>
> 他唯一能记起来的只有结尾处的和弦与些许不相干的乐音了；主要旋律本身已经逃离了他。（《旅居者》）
>
> 在音乐室里，那音乐好像是在死乞白赖却又笨嘴拙舌地想求得什么不该有的东西似的。（《神童》）

上帝、人与音乐。摇摆与肯定。她通过否定上帝，来表达人存在的孤独无依，反之，又为笔下的人物灌铸一个温度适宜的灵魂，告诉人们，救赎来自自身。音乐的不可触摸，一如上帝的不可见，她通过否定圣诞老人的存在否定了上帝的存在。

> 音乐的开头像天平一样，从一头摇晃到另一头。像散步，或者行军。像上帝在夜里神气活现地走路。……音乐又来了，更重，更响。它和上帝毫无关系。在烈日下，

在黑夜中，充满计划，充满感情。

世上最扰人的东西，莫过爱情。古往今来，小说家们出于善意、美好却并不朴素的愿望，成功引渡了成千上万对才子佳人，登上完美的殿堂。结果呢，养成了人们普遍对爱情好高骛远的坏习惯，深受其害的典型代表，是包法利夫人爱玛。

麦卡勒斯的爱情是写给少数人看的，因为大多数人会觉得倒胃口。《伤》中的女一号艾米利亚－罗马涅区小姐，"她那双灰眼睛呢——一天比一天更斗鸡了，仿佛它们想靠近对方，好相互看上一眼，发泄一些苦闷，同病相怜"。男一号李蒙表哥呢？简直不忍心重提——驼子、丧家犬、比杀人越货还要低劣的骗子。爱情很美，可他们爱得很糟。最终毁掉了一切，连同那个野蛮小镇唯一文明的象征——艾米利亚－罗马涅区小姐家的"咖啡馆"。作者在小说中做出的合理解释是这样的：

> 爱者也能像对别人一样把一切认得清清楚楚——可是这丝毫也不影响他的感情的发展。一个顶顶平庸的人可以成为一次沼泽毒罂粟般热烈、狂放、美丽的恋爱的对象。
> 世界上有爱者，也有被爱者，这是截然不同的两类人。往往，被爱者仅仅是爱者心底平静得蕴积了好久的那种爱情的触发剂。

欣赏这一路风格，说明我的秉性冷酷凶险？不会的。我也喜欢暖风熏面又触及心灵的机智与优雅，比如热情高涨、温润多情的普鲁斯特。按培根的说法，是"物质以其诗意的感性光泽对人全身心发出微笑"。如果非把普鲁斯特譬喻为最后一位骑士贵族，麦卡勒斯则是走在现代派前列的田径旗手。他脸色苍白，乘坐四轮马车；她也脸色苍白，但徒步前进。他的烦恼是旁顾左右用心找来的；她的孤寂是在否定了上帝救赎说之后，推开冷酷的现实寒流，寻找人与人之间自在、平等、真实的交流。需要补充的是，她心智矫健但体质羸弱，代表的是残奥会。

封面上，麦卡勒斯斜视着天空。新剪过的刘海盖在略显稚气的额头上。她穿着白色的衬衫，深色的背心，双手挂在一根歪曲的树杆上，像一根悬置在节日里的缎带，只是照片是黑白的，看不出原来的颜色。她带着一只黑色腕表，无名指上有一枚宽边的戒指，食指与中指夹住一支快要燃尽的烟卷。嘴巴鼓鼓的，含一口饱满的烟。

2013 年 5 月 17 日

圣殿旁的烂尾楼:读彼得鲁舍夫斯卡娅的《夜深时分》

在这个盛夏里听一个怨妇漫漫冬夜里的唠叨,这样的唠叨却又以小说的形式出现,一本在情节上没有递进关系,即米尔斯基所说的"对叙述结构和可读性某种程度的忽略"的俄国小说,我不得不佩服柳德米拉·彼得鲁舍夫斯卡娅,这位俄罗斯最负盛名的当代女作家,用一本小的长篇《夜深时分》(沈念驹译,浙江文艺出版社2013年版),恶意颠覆俄罗斯伟大的小说圣殿,在理想的大厦坍塌之后,给我们展示了浑身狗血与一地鸡毛。

柳德米拉·彼得鲁舍夫斯卡娅出生于 1938 年,小说的背景则为苏联后期。听听咱们这位骄傲的女主角安娜·安德里阿诺夫娜是怎么介绍自己的：

> 我是诗人。有些人喜欢用"女诗人"这个字眼。但是请看看，玛丽娜或者那一个安娜对我们是怎么说的，她与我几乎神秘地同名，只是几个字母不同，她叫安娜·安德烈耶夫娜，我也叫安娜，只不过后面是安德里阿诺夫娜。我偶尔登台表演的时候，我请求这样报姓名：诗人安娜，姓氏则用夫姓。

安娜提请我们注意，正式场合必须使用这样的介绍方式："诗人安娜，姓氏则用夫姓。"不奇怪吗？这正是我们得以深入解读安娜的关键。叙事人安娜强调她的身份之所以独特，恰是因为重复了另一位著名女诗人的名字。"您说好笑不好笑，我几乎是一位大诗人的同名人。""您猜。我叫安娜·安德里阿诺夫娜。这就像一个高尚的标记。"安娜所指的同名的大诗人明显是指安娜·阿赫玛托娃。还好，她没捎上另一位著名的安娜，安娜·卡列尼娜。是看不起那个虚拟的坏名声的安娜？

哦，名声？这个话题对任何一个安娜来说都太过敏感！往事不堪回首，她也真的不愿多讲。是啊，当时年轻的她，身材高挑，是一名刚刚从师范学院毕业的女诗人，才到报社当编辑。要不是那画家的老婆、两个孩子的母亲闹到了单位，引得众人围观一个怀孕的女人，控诉她爱上了有妇之夫而被单位除名，她不会落到这副潦倒的下场。更不曾料到，命运的嘲讽缺乏基本的想象力，在她成为了一双儿女的母亲后，丈夫又投向了另一位有着一双儿女的母亲的怀抱。从此安娜拖儿带女，过着一贫如洗的生活。

在无依无靠，创作欲望却十分强烈的日子里，她也曾向某位因写劳动节诗歌出名的诗人之子毛遂自荐，夜间十点上门，只为请教对方"我是否还要继续写下去"，对方的妻子捂住胸脯说"我们已经睡了"；而女儿阿廖娜对母亲的质疑是，"妈妈，你还要干嘛？"但是，假如你因此想对着她撒上几滴廉价的同情之泪，那就大错特错了！别忘了，她仍然是一个诗人，并且享有诗人的福利。比如每个月差不多会有两次登台朗诵诗歌的机会，每次七个卢布。倘或抓住机遇，那么一首歌颂妇女节的短诗或许会发表在某刊物上，一年下来便可坐收一张价值十五卢布的稿费单，可以换一份不抹黄油的面包。

俄罗斯是一个为诗与艺术而诞生的国家。没有哪一国的艺术家比他们更了解戏剧与人生的关联。悲剧力量早已充斥在他们的人格之中，处处都是舞台，仿佛他们早就做好了决定命运的准备，反过来也做好了被命运决定的准备。所以，俄罗斯人的台风特别好。如果一位妇人出现在公共场合，优雅地围着一块花色显眼的披肩，其价值足已掩饰捉襟见肘的拮据。贫穷从来都不会妨碍一个人的高贵。即便是乞食的日子，五十岁的安娜外婆也照样保持着一份教养和体面。为了蹭一顿饭吃，她小心翼翼地上门做客，灵机一动地找借口，领着她忍饥挨饿的永远吃不饱的小外孙季马（季马有时叫安娜"妈妈"），一次次敲响别人家的门：

> 我们到了，进了屋，他们正围桌坐着吃饭。季马说："妈妈，我也想吃！"噢，噢，我们散步走得太久了，

孩子饿了，季莫奇卡，咱们回家，我只是来问问，有没有阿廖娜的消息。过去的同事仿佛做梦似的在桌边站起来，给我们各倒了一碟很油的甜菜加肉红汤，啊，噢。我们没想到有这样的待遇。阿廖娜什么消息也没有。……哎呀，您干嘛，还要给面包……谢谢啦。第二道菜我们不会要了。我看到，您下班回来，很累。不过是不是再给季莫菲伊卡一点。季马，要肉吗？只给他就是了，只给他就是了。

安娜有着超人的毅力、老辣的手段和傲慢的尊严。是的，请在任何时候都不要忽视安娜的"高贵"，在这每一个窘迫难堪的时刻，我仿佛看见这位安娜女王脸上那近乎无情的威仪，那一个年轻时被无数次讴歌过的下颚，不时地向上抬升：我们来自知识分子家庭，不是死乞白赖的叫花子。"好了，通往这儿的路我们再也不会有了，这一家是我怀着很大的希望留作不时之需的，只有在万不得已的时候才会来这儿。"但又有什么关系？因为"诗人"，这一"高尚的标记"，安娜经受得起一切打击。

命运啊，你该像一位艺术家，而心气极高、个性极强、有着完美的自我期许的安娜，原本应该和每一本俄国小说中的女主角那样，被一种更为崇高的神秘生活所创作、托举。就像屠格涅夫、托尔斯泰，或者无论哪一个伟大作家笔下的俄国女性一样，具有"某种愿为激情而牺牲世间一切的力量，或甘为责任而放弃一切幸福的道德美，莫如说是由她们的创造者用精致完美的艺术在她们周身营造出的异乎寻常的诗意美"。为激情而牺牲，对牺牲不在乎，担负责任，操持生计，容颜凋零，她如此丰盛，还会写诗……我们的安娜严格照此做了，而且该做的都做了，艺术却欺骗了她，没有使她成为一个感动天地、彪炳史册的理想女性，却让她用小额钞票斤斤计较着每天的生活。

在俄国，艺术远远高出生活。艺术为俄国的女性们提供了一个最高范本，她们信以为真了，在虚拟的形象和真实的自我之间，分辨不清哪一个更可靠，如同甄宝玉和贾宝玉，真假之间，个体精神的塑造全凭一股无言的暗示和无形的力量。这种力量内涵如此丰富，对一个年轻女性而言是致命的。

美与虚荣，前者褒后者贬，但很多时候它们是一体的，难以分辨。客体的美是独立的艺术，但假如美的持有者是一个活物，即主体的人，比如一个美貌的女人，她有感知有思想，被天赋的优越感所娇惯，并且常常使用别人惊羡的目光来反观自己，同时也评判自己，调整自己，那么这种掺入了强烈自觉意识的美，自恋的美，就该被艺术分离出来，通俗地讲，叫虚荣。

虚荣不好吗？经验告诉我，至少不全是坏的。我从小跟在姐姐后面，读了好多琼瑶的言情小说。那些个女主角，出身寒素，父亲不争气，甚至浪荡，本人又很悱恻地得着某种医学意义上的很新颖的绝症，但是不要紧，在那个圈子里文艺气息很浓，人们开口闭口总会谈论着世界名著，《苔丝》、《漂亮朋友》、《巴黎圣母院》、《复活》、《安娜·卡列尼娜》……这些泛着神圣的光芒的名字，男女主角遥远的形象与事迹，就这样牵引了我那颗鄙陋蒙昧的小小心灵。结果就是再也读不回琼瑶，而是照琼瑶阿姨开的书单，从新华书店里一批批搬回那些小说，也不管读得半懂不懂。

这是虚荣，没错吧？完美是需要代价的。我执迷了很久才知道，那些都是假的，而自己的小说很可能是一本最拙劣的书，涂涂改改，悬而未决。它不是梦，因此也不会有梦醒后的抱怨。我的同类，有无数个像安娜这样的女子，她们最终不是死于贫穷，而是死于高贵。文本化的俄罗斯民族高贵的基因，是一面玫瑰红的旗帜，一个华而不实的价值观，架空了她们的生活，这是一代代艺术家们不约而同、齐心协力创造的结果。为了高贵，她们忘记了人类生存最基本的技能、身体力行的劳作，无奈时，她们学会了优雅地乞讨，哪怕是在国家即将解体的时代。

人类无法讨好命运，命运也无法讨好人类。上天同时将美貌和聪明赋予安娜，但生逢末世运偏消，而使得这位原本受惠颇多的女子反而对上天加倍地怀恨在心。她张满风帆的人生才刚刚起航，还没有足够的能力去分辨激情与爱情的差别，就被迎面而来的厄运冲得稀里哗啦。安娜受到了毁灭性的打击，于是有了那无休无止的拈酸泼醋式的毒骂：

> 哦，大自然你这个骗子！哦，伟大的骗子！它干嘛需要这样的苦难，这样的惊吓，流血，臭味，汗水，黏液，哆嗦，爱情，强奸，疼痛，不眠之夜，繁重的劳动，似乎是为了让一切都变得美好！可实际上并不如此，依然什么都不好。

最后这句话，很能代表俄罗斯理想的崩溃，生活的沉沦。刘绍铭在《变天后的俄国另类文学》一文中介绍说，苏联瓦解后，持不同政见者维克多·伊罗菲耶夫（Victor Erofeyev）在给企鹅版俄国新文学选集作序时，开宗明义地断言：经过长期的道德超载、理想超载之后，"邪恶书写"已成为俄国文学史的新篇章，它们对所有价值观都打上了问号：爱情、儿女、信仰、宗教、文化、美、高贵的母性，一切的一切：

> 美的感觉、美的描述已为丑恶与残缺取代。以嘲弄和震骇为目的美学已成时尚。脏言污语如调味的香料一样撒落在文本的字里行间。一块昔日花香鸟语弥漫的文学园地，现今出现了一种新气味："恶臭"（stench）。

彼得鲁舍夫斯卡娅的《夜深时分》一定属于这样的另类吧。安娜胸中积聚着一股报复性的冲动，它们扭曲、肮脏、无所不用其极的变态。可鄙的抱怨心理升级为可怕的报复行为，不论对象，任凭无名之火四处蔓延，甚至燃及小树林里那一对正在享受情爱之欢愉的鸳侣。她会突然大义凛然地大喊一声："出什么事啦？！我打电话报警了！"场面既滑稽又残酷。

由于自身的惨痛教训，安娜将世上的爱情都打了一个包，想当然地认为所有的男人都是既高尚又虚妄，钱是说什么也不肯花的。没错，她并非没有说对的时候，比如研究列宁课题的教授、女儿研究所的副所长，那些劫掠美色又一走了之的伪君子，可五十岁的安娜外婆啊，即使她付出了高昂的代价，斩获了高级的真理，她仍是多么渴望情爱，怀念青春！

"请看在悲剧处于高潮的时日，我的那些幻想依然是怎样的一个谜！"哪怕在最贫穷的日子，也没有使自己失去风度，会很庄重地戴上塑料手镯、用半工业品的素油代替润肤膏，认为"洗得干干净净，梳得漂漂亮亮的头发是一种财富"。然而，在洗手间，当她看见同龄人隐隐约约地露出被连裤袜紧紧裹着的肚子，她的好梦终于被现实的电流狠狠地击穿：

> 可怕啊，我们对自己丑陋的一面竟毫无觉察，经常以一种危险的状态出现在人前，也就是大腹便便、赘肉牵拉、肮里肮脏的样子，人们啊，得头脑清醒一下了！你们样子像昆虫，却还要追求爱情，说不定这个克谢尼娅以及她母亲各自的丈夫，正吓得离开她们，在一边闲逛呢。

哪怕在痛感锥心的时刻，也不忘诅咒别的女人。"哦，侮辱性言辞真是一种充满朝气的力量！"安娜的嫉妒之情既深且广，喷射出鲜绿的毒液，尤其不能放过自己的女儿阿廖娜。女儿的年轻与姿色，这一切原本属于她，继承于她。是的，阿廖娜几乎继承了母亲的一切，包括爱情的盲目，性的放纵，以及生活的低能，安娜确有理由向女儿倾泻最具侮辱性的语言，这些辛辣的小点心是这户贫困之家的家常便饭。

安娜对女儿最实质性的伤害，莫过于伙同女儿的同学维罗妮卡，一个暗恋女婿的女孩一起，几乎以一个迫害集团的手腕摧毁了阿廖娜的婚姻，赶走了沉默寡言却令年级里所有女孩子心仪的偶像，那个乌克兰籍的女婿舒拉，不，她管他叫"孽种"。在她眼中，女儿代表俄罗斯的罗斯大王，"孽种"女婿则代表乌克兰的杰尔诺波尔大王：

> 我应当客观地说，他的双眉跟突厥人的美男子一样，呈燕翼状，而嘴唇总是干裂，呸！丈母娘的仇恨啊，你除了一腔醋意，什么都不是，我的母亲本人就想成为自己女儿，也就是我，钟爱的对象，希望我只爱她一个人，成为钟爱和信任的对象。

请注意，安娜提到了她自己的母亲，新的猛料！她那如今已年老昏聩的母亲，一个小个子女人，年轻时衣着考究，干出许多风流韵事。现在留下了满满一橱衣服，只可惜女儿安娜身材高大却无福享用，她认为母亲把衣服珍藏起来，是以备逢上好日子再穿戴："在意识深处期待着那美好的年华，也就是说她会猛然振奋，脱去这衰老的外衣，变得容光焕发，就如以往某个时候休假回来神采奕奕的样子。"安娜认定垂老的母亲还在等待着有人娶她为妻！怪不得安娜会一针见血地抓住他人的痛处：

> "请问，您的父名？"
>
> "直接叫我克谢尼娅吧。"
>
> "这不大妥当吧，您早就退休了吗？"
>
> "我？我没有退休。"这个没有父名的女人回答说，可她自己的模样显然已经是个候补奶奶了。
>
> "我退休了，"我说道，"很快，我的一本诗集就要出版，

他们将重新计算我的养老金，我会领到多一些……"

您瞧，一个没有合法父亲的人，却不厌其烦地嘲笑另一个"没有父名的女人"、"记不起父亲的女人"；一个被扇了一记耳光后直接被赶出编辑部的失业者，却在领着不断增长的退休金；一个巴望着七卢布的报酬而仅仅只有几次登台机会的末流诗人，却宣布自己马上就要出版诗集。更妙的是，上车第一眼，她就敏锐地扫描到了这位陌生女士穿着一件熟羊皮短袄，戴一顶用狐尾自制的帽子，于是很快在心里为之定位："装阔"、"地位卑微的一类人"，当着这位优雅女士的面，指出："您的袖子开裂了……"

因为长期缺乏同情而变得不再需要同情，因为饱尝冷酷而变得比任何人都冷酷，安娜生成了一副强大的体魄，禁得住一次次无情的击打，然后以同样无情的重力，还击给身边每一个渴望幸福的人。

安娜一家子都挣扎在最低的生存线上，岌岌可危，我也被这疯魔的一切搅得神魂颠倒，精神几乎错乱，好在故事本身没什么实质的情节。

阿廖娜的命运是可以预见的，只不过在一个很高的版本上她又进行了升级：她把跟乌克兰的舒拉在干草垛上中彩般得到的第一个孩子季马慷慨地赠送给了母亲安娜去抚养，然后离异。当科研所副所长的脚在小饭馆的桌子下面踩了她几下，深情的手指潦草地点了她的大腿穴后，她主动上门，受到了对方贪婪而又鄙薄的接待。阿廖娜又怀孕了，产下第二个孩子，私生女卡佳。阿廖娜的这种奉献行为，应属于缺失的儿童期造成的人格缺陷，属于父爱缺失后的恶补。形势进一步失控，大概是为了感激房东，或者还债，她又多了一名婴儿。阿廖娜开始发胖，拖着童车，母女俩风餐露宿，她总是藏一瓶药片在身边，以备不时之需。这是谁的错？讨好了所有人，等于谁也没有讨好。谁都错，等于谁都没错。走投无路之下，阿廖娜终于洗净了与生俱来的羞耻感，拖着三个孩子强行踏入母亲的公寓："你把自己的事情放下吧！这儿有三个孩子！"

人性被长期占据的恶所主宰，当善出现时，反而因陌生和被依稀唤醒的羞耻心而感到别扭，人与人之间相互透视，养成了同类之间恶语相向的默契，拙劣而步调一致的审美情操。而那个曾经珍视友情、渴望爱情的安娜，阿廖娜眼中少年管教营里令人瑟瑟发抖的宣教员，偶尔也会念及爱，但爱这种化学物质毕竟太轻盈而无用，最终只能是一种被他们隔离、免疫的不必要情绪。

　　我想拥抱她，哭一场，但是她闪开了。

　　我多么爱自己的女儿，爱她瘦瘠的背部，还有她隐藏在穿旧的长裙下摆下粉红色脏兮兮的脚后跟；爱她的背部，是因为她往往不把自己的脸对着我。

　　厨房的门关得紧紧的，就跟他们的心灵似的。

　　从监狱回来的安德烈，早晨一起来既不去这，也不去那，既不去洗澡间，也不去卫生间，疯子似的在厨房坐着，那里放着他当床睡的靠背椅，赶我到外面，好独自喝自己的那杯咖啡。那杯苦味的咖啡。

我一直都没有功夫叙述安娜的儿子，安德烈。安娜老是抱怨儿子太善良，打的是群架，却只有他一人去坐了四年牢。她一厢情愿地认定是秉性高贵的儿子为所有肇事者背了黑锅，可那些兔崽子没一个肯认账。出狱后的安德烈一边对母亲这一离奇的英雄传说感到不解，一边又施以无赖的手段强取豪夺，最后逼着安娜交出了一张她用前半生为后半生所攒下的存折。随后的日子里，她用钢精锅烧开水，用纯粹的白开水进食，只为了那个酒徒，流浪汉的儿子，他正遭到新婚不久的媳妇的驱逐。

最不可挽回的打击，来自安娜的母亲。那个年轻时让男人们神魂颠倒的老妇，为了缓解家庭经济危机，早就被安娜以每月五十卢布养老金的身价送进了医院的精神病科。在小说的尾声，安娜收到了一张"不明显精神病"的出院通知单，老外婆将从医院被转到另一所精神病患者的养老院。在那个什么都需要签字而且只认签字的有条不紊的社会保障制度下，这一转变让安娜一家的生计全都鸡飞蛋打，也直接将安娜送进了老年，证实了她在中年危机中对晚景凄凉的预见。

> 望着窗外，吓了一跳：一层白茫茫的东西粘在了窗玻璃上！这白茫茫的东西已经是朦胧的曙色。执行枪决的清晨，开始不祥变化的清晨，报应的清晨。

这是现实中的承负。阿廖娜继承母亲安娜，安娜继承她的母亲，而小外孙季马也已经学会了大呼小叫，用拳打脚踢表达意见。这麻风病的一家，命悬一线，就像精神病院的医生说的，"真正的疯子不在疯人院"，就挤在这间曾经四世同堂的神圣而被诅咒的公寓里。如今，像老外婆当年在家时一样，"轮到我坐在这张破洞的沙发上。"

书的结尾处，安娜几乎是以江湖女骗子的行径胁迫医院的司机，只为省一个出租车钱。夜深时分，她回到阒然如坟墓般的公寓，发现整个世界都睡着了，只传来邻居敲骨头的声音：纽拉搞来没有肉的骨头熬上几天几夜，做成骨冻给孩子们吃。

十九世纪中期以来，俄罗斯作家自动承担了提高读者情操的责任，普遍施与文本以仁慈、哀伤的面貌，为整个民族注入了一种莫名的伤逝情绪。但是，从小说给出的如此这般不忍卒读的现实主义或自然主义的写实中，去仰望文明社会之下的"高贵"是非常疲倦的，有悖于福楼拜看待艺术的观念："真实并不是艺术的首要条件，求美才是主要的，要尽可能臻于美。"不难想象，我们的女作家柳德米拉·彼得鲁舍夫斯卡娅为了塑造安娜这一形象，是怀着怎样酣畅饱满的冷酷之情。

我又深深感慨，在一个普遍以果腹为最高追求的生存背景下，安娜还愿意标榜诗人与诗，让人钦佩之余，也不禁要问：这高贵的优越感从何而来？安娜有没有可能换一种出路？比如同样高贵地去参与基本的劳作，从事生产？

柳德米拉·彼得鲁舍夫斯卡娅被誉为"当代契诃夫"。高尔基在回忆契诃夫时说，俄罗斯一切都很多，唯独没有对劳动的热爱。在给罗曼·罗兰的信里，高尔基也说，俄罗斯人不喜欢工作，不愿意为工作的运转及其条件承担任何责任。高尔基说，契诃夫是非典型的俄国人：

　　　　我没有见过哪一个人像他那样深刻而全面地意识到

劳动作为文化之基础的意义。这表现在他的家庭生活习
惯的所有细节、他对物品的选择以及对物品的珍爱上。
这种爱完全不包含积累它们的欲求，而只是把它们作为
人类精神创造的产品不倦地加以欣赏。他喜欢建造和培
植花园，他感觉到劳动的诗意。

苦难是很吸引人的，不过看多了也会令人厌倦，因为苦难毕竟
不是用来观赏的，苦难是羞耻的。从来没有一个民族的苦难比俄罗
斯的苦难更振奋人心，让人高扬起尊贵的头颅。很难想象，如果没
有苦难，他们简直不知道生命有什么意义。他们认定，只有通过苦难，
才能获得拯救，一个未曾从苦难的大海中升华出来的灵魂，是不可
能抵达彼岸的。这是一套很复杂的价值观，令崇高者更崇高，令虚
矫者更虚矫，它深刻作用于具有高品格的贵族或精神贵族，唯独对
真正的劳动者不起作用。

再来看这一地鸡毛、浑身狗血的家庭，它让我想到了陀思妥耶
夫斯基的处女作《穷人》。相比《穷人》的作者对可悯、可笑却依
然可贵的被侮辱与被损害者所寄予的深切同情，而全然没有对庸俗
生活的憎恶，《夜深时分》的作者对现实的表达更裸露直接。一个曾
经的新闻人，在目睹了更多更真的现实之后，不再陶醉于自诩高贵
的"俄罗斯精神"，没有交出"准新闻特征"的伪作，却以反理想
主义、反公民特征的勇气，以一个长着反骨的立场，站到了俄国历
史上主流价值观的对立面。

彼得鲁舍夫斯卡娅一反到底。创作风格上也是绝对的反美文、
反心理窥探。所采用的口语常常断绝语言与思想逻辑之间的亲缘关

系，直截了当，率意而为，满纸令人侧目的粗话、俚语。总之，这是一种脾气很坏的文风，是妄想症、精神病、受虐狂的梦魇般的语言，我想为这种狠毒刻薄、喋喋不休的叙述命名为"抱怨体"。读着它们，我不禁缅怀俄罗斯十九世纪文学中字里行间的良风美俗，也不免会将客体的作品人格带入到对主体的作者人格的猜忌之中：作者该有多么强大而黑暗的心，才能洞悉如此邋遢、阴郁、凄怆的人性！

因为趟了安娜一家的浑水，向来抱着艾柯所谓"悠游小说林"的心态的我，被整得愁惨万状。不过，这也正是小说吸引我，而且忍不住评论它的原因。米尔斯基的《俄国文学史》是这样评论陀思妥耶夫斯基的："他的心智是预言性的，历史地看并不属于他所处的年代，而属于大革命之前的时代。他是最高层面上的俄国灵魂之精神瓦解的第一个也是最伟大的征兆，这种精神瓦解最终导致俄罗斯帝国的解体。""残酷就是陀思妥耶夫斯基的本质特征。那些还不够强壮因而无法抵御这一残酷的人，或那些还不够纯洁因而难以不被毒害的人，最好不要阅读此书。这是一剂剧毒药，不去碰它才最为安全。"我后悔碰了《夜深时分》，但我庆幸自己因此找到了俄国灵魂之精神瓦解的最后一个征兆，不错，我说的正是柳德米拉·彼得鲁舍夫斯卡娅这本书。

2014 年 7 月 22 日

不朽如一棵树:读R.S.托马斯的《农民》

二十世纪初英国诗坛的天际，曾出现过都叫作托马斯的双子星座。如果说意象奇崛、色彩瑰奇、节奏如唱歌又如念咒、意义在可解与不解之间的狄伦·托马斯，是一个继承了古代行吟诗人传统的超现实主义天才诗人，那么更令我心折的，却是另一个不识浪漫为何物的威尔士乡村隐士、诗人牧师，R.S.托马斯。这个神情忧郁，披一袭深色牧师袍的暗淡身影，用石子、稗草一般拙朴无华的语言，在土地与天际、俗子与圣灵、应许与试探的虚实之间，艰难地向上帝发起诘问，却又从不期许回答。尤其读他晚年的作品，犹如偷窥一卷布道笔记，或窃听他与上帝之间的隐秘对话。

　　也许是因为幼年时期随父母一道在伦敦、利物浦、古尔等港口漂泊刻下的记忆，成年后的 R.S. 托马斯一生都沉浸于基督教世界以寻求精神庇护。他性情孤傲，先后在威尔士的莫那利等地担任教区牧师，几十年间隐居乡野，远离城市、媒体以及当时英国的主流诗坛，直到从教会退休，而终老于人迹罕至的萨恩山庄。但穷乡僻壤难掩他伟大的诗名，他的独特而坚韧的诗句，至今仍拥有无数的读者，为之震悚，为之叹息。三十多年前余光中先生读到 R.S. 托马斯的诗，连呼汗毛倒竖，心魄俱夺，特别是这样不可思议的《一月》：

> 那狐狸曳着受伤的肚皮
> 走过白雪地，鲜红的血籽
> 在轻微的爆炸下迸开，
> 柔如粪便，鲜如玫瑰。

　　在托马斯的众多作品中，有一个叫普莱塔奇的农民被反复书写。这是一个农民，也是所有农民。将要展开的这首《农民》（程佳译）是他的早期作品，它或许不似其他作品那样强悍直接，然而其简练坚致、稳健含蓄的文字背后，透出的正是一个深入土地、自然、历史、宗教的牧师诗人之笔才会有的崇高静穆之美。

> 雅谷·普莱塔奇，就叫他这个名字吧，
> 只是个威尔士荒山中的普通人，
> 在白云深处养了几只羊。

有时削削甜菜，绿皮剥去，

黄筋现出，就心满意足

咧嘴痴笑；或把荒地翻成

一片凝固的海在风里闪烁——

日子就这么过着，

鲜有的开怀大笑不多于

太阳每周一次碾碎阴沉的天空。

夜晚枯坐在椅上，

偶尔俯身朝火堆啐口痰。

他心灵的空洞有种东西令人骇然。

他的衣服，散发多年的汗臭

与牲口的骚味，这赤裸的原始

震惊矫揉造作的雅士。

然而这就是你的原型，他，一季又一季，

与雨的围攻抗衡，与风的肆虐对峙，

保卫他的人种——一座坚强的堡垒

即便在死亡的混乱中也牢不可破。

记住他吧，因为他也是斗争的胜利者，

好奇的星空下，不朽如一棵树。

　　诗的一开头就以说话的口吻，白描了一个普普通通的农民形象。
"雅谷·普莱塔奇，就叫他这个名字吧"，诗人坦白他取名的随意性，
因为这不重要，"他只是个威尔士荒山中的普通人"。而下一句，"在
白云深处养了几只羊"，却迫使读者的视线快速离开书页，抬头，

穿过威尔士荒山，遥望白云深处。紧接着一个"痴笑"，又将我们的目光强行捉回。无论是黄筋露出的甜菜，或是菜地里"咧嘴痴笑"的普莱塔奇，都给人粗糙的触感。随后镜头又一次拉远，直到把荒地翻成"一片凝固的海在风里闪烁"。

"痴笑"一词不可替换，这一憨态加上"翻成"、"凝固的海"等，赋予画面以一种粗粝的线条感和一份凝固的喜感，像罗中立画的《父亲》。可当我们再次体会"就叫他"、"只是个"、"有时……就"这些语气时，却不难觉察故作淡漠中深含的悲悯。

普莱塔奇大概就属于印度当代神秘主义大师雷蒙·潘尼卡形容的"前历史的人"吧。对他们而言，"时间是自然的，不是文化的。大地的季节度量着时间，而不是像在历史时期那样由人的使用来度量。人是农民和／或捕猎者，是定居者和／或游牧者。"结绳记事的史前期，时间的变迁仅凭日月的推移和季节的更迭，人是跟庄稼一样的种在土地上的生物，他们的思想一如混沌的宇宙。普莱塔奇与他的祖辈一样，是这片未开化的土地中孕育出来的未开化的产物，浑然天成。

有什么问题吗？他剥去甜菜叶子，看见黄筋毕现后的痴笑，难道不是一种再自然不过的自然现象吗？托马斯在一首叫《泥土》的诗中写道："这篱笆界定了／他的心灵，唯有天空无边无垠／他却从没有抬头看过；／他的视线，亦如双脚，深入黝黑的泥土。／泥土就是一切……"所以，"日子就这么过着"，无思无量，故而他很少"开怀大笑"。太阳对于常年阴沉的英伦三岛的上空，的确因为太稀罕而并不怎么让人期待，在这里也就成了心智开放的象征物。"阴沉的天空"沉重厚实，宛若普莱塔奇阴云密布的心灵。身心枯槁的村民们"每周一次"走进教堂去做礼拜,可多数时候就连这样的形式也懒得顾全,要不是因为前排坐着一位脸色绯红的姑娘,或家中的奶牛突然不明去向。由此,"碾碎"与"痴笑"又形成了一种上帝与子民的对应关系。而提到宗教意味,前面写到的"羊"和"海"似乎都不难让人与《圣经》中的"羔羊"、"红海"产生联想。

> 夜晚枯坐在椅上,
> 偶尔俯身朝火堆啐口痰。
> 他心灵的空洞有种东西令人骇然。
> 他的衣服,散发多年的汗臭
> 与牲口的骚味,这赤裸的原始
> 震惊矫揉造作的雅士。

你没法跟无知争论,正如你无法挫败纯真。可以想象,他的教民宁可整晚枯坐在椅上,无所事事地向火堆啐痰,也不愿为真理竖起他们尊贵的耳朵。面对一个个因麻木而强大的普莱塔奇,牧师无计可施,无功而返。不过城市对冷漠的免疫力并不比乡村逊色。不管怎么说,托马斯牧师的人生态度比杜伽尔的小说《古老的法兰西》中那个绝望的凡尔纳神父要积极得多。上帝大而化之,高高在上,神父凭一己之力实难应付整个街区的冷漠,于是索性在修道院里种种菜,而托马斯至少可以写写诗。

"他心灵的空洞有种东西令人骇然"。什么东西?为什么骇然?这尽够让一个具有历史意识的人去费尽思量了。一首诗的魅力,在于它被你无意读到，却蓄意袭击了你。从这个句子开始，诗的意义发生了质的变化，再也不似前先那般无辜地平铺直叙了。"这赤裸的原始，/震惊矫揉造作的雅士"，诗人究竟是在批判，还是反批判？假如刚才我们还在以一个开化者的自寻烦恼而坦然自嘲，那么往后我们就必须思考：他所操持的语言究竟是一种高于爱的恨，还是一种高于恨的爱？对此，托马斯在《呼嚎》一诗中有过类似的回答："不要以为只有恨/生长在那儿；爱，也长在那儿，/以其细弱的藤须向着/青眼垂盼的温暖之处/攀援……"

一个杰出的诗人，就是一个完美的事故的肇事者。终于，诗人向包括他自己在内的所有"历史的人"反戈一击，语气简直就是声讨——

> 然而这就是你的原型，他，一季又一季，
> 与雨的围攻抗衡，与风的肆虐对峙，
> 保卫他的人种——一座坚强的堡垒
> 即便在死亡的混乱中也牢不可破。

我们终于悚然惊觉，眼前的这个身心贫瘠、被随意命名的农民普莱塔奇，竟然就是我们自己！普莱塔奇的身世背景被无限拉深，他代表着一座"即便在死亡的混乱中也牢不可破"的"坚强的堡垒"，即被上帝选中和保卫的"人种"，甚而裹挟着整一部宏大、磅礴的人类历史，朝我们走来。

诗人一方面抱怨自然界的简单方程不适于精神界域，为威尔士山民缺乏教养与亵渎神明而忧愤不已："我的痛骂犹如一团火进出/却总是熄灭在你们冷冷瞪视的目光里"（《一个牧师致他的教民》）。

另一方面，作为威尔士人的后代，他为民族的复兴运动奔走，以抵抗英格兰的文化侵入与二战后新兴的工业文明带来的新的价值观。可当他目睹山民争先恐后地向英格兰游客兜售自然山水和历史文化，却发现曾经的通过书写威尔士来"消解自己因殖民文化而产生的身份危机，重新建构一个完整而健康的文化人格"的夙愿，其立足点已率先消失。"往何处去？/才能远离这恶臭，/远离这腐化的民族？/我在海边漫步有一个时辰，/看见英格兰人正在清扫我们文化的残骸，/像海浪一样席卷沙滩，/粗暴地把我们的语言/推进我们早已为它掘好的坟墓"（《水库》）。

眼看着一个拥有古老语言，"有诗的源泉，清澈如山涧，在你们唇中汩汩流出"的历史悠久的民族，转眼之间被技术进步的现代化洗劫一空，诗人的爱与恨与控诉，写给谁看？说给谁听？同胞，亦或上帝？前者一路追着英镑去了英格兰。后者呢？"没有别的声音，黑暗之中唯余一个人的/呼吸声，考验他对空无的信心，把他的问题/一个接一个钉向一柄无人的十字架"（《在教堂》）。

托马斯身处在这样一个文化的、语言的、信仰的冲突之中，面对的是一个为信念、意识形态和世界观所撕裂的世界。一个诗人该如何处置这古老而又新鲜的矛盾？程佳在译序中引述托马斯的观点，认为现代社会如果听任技术去帮助人类实现各种欲望，最终人类将不可避免地走向毁灭。我们必须从身外的物质世界回到身内，作灵魂的旅行。

思想家在高处发言，声音穿透这心智麻木的时代的噪音：

记住他吧，因为他也是斗争的胜利者，

好奇的星空下，不朽如一棵树。

不朽，为什么如一棵树？约翰·阿什贝利的《一些树》说得好："仅仅它们在这里的存在就有某种意味；不久我们就会抚摸，相爱，解释"。托马斯在《那棵树》中，则把树比作一个指挥家的合唱团，去表演一曲永无休止的音乐。我同意潘尼卡的解释，并以此为"斗争的胜利者"作注：生命不只是一种消极的存在的延续，不只是一种静态的处境的惯性，而是一场坚持不懈的斗争，活泼泼地参与在自然的轮转之中。而在自然的轮转中，生命不会死，生命的承担者把它传递下去，因为承担者就是他所传递的东西。所谓传统，正因传递过去而有力量。

这首诗在午后读和晚间读，会带来不同的效果。午后读它，你会读成一首农事诗。宁静的夜晚再读，便是一则寓言。

2013 年 10 月 28 日

美人香草是离骚

读《离骚》的，没有人不为屈原的忠君忧国所感动，当然，也没有人不为那些香草美人所吸引。

我的植物学知识很贫乏，但得益于孩提和少女时代富春山居及水居的经历，还认得里面写到的许许多多花花草草。不过当年读《楚辞》，注释能把人气死：杜若，香草名。留夷、揭车，都是香草名。宿莽，经冬不死的香草名。注了等于没注。这样的学者真是惫懒的宅男，自以为秀才不出门能知天下事，结果知道的就是香草名，香草名，香草名。

后来，我得到一册台湾出版的《楚辞植物图鉴》，对照着读，才真正读出滋味来。那些香草在我眼里的神秘感也就慢慢消退了。"蕙"，就是九层塔。"茹"，就是小柴胡。"薇"，呵呵，不就是野豌豆嘛！但我佩服屈原的高明，因为他从来不会错用材料。比如《九歌·山鬼》里，"若有人兮山之阿，披薜荔兮带女萝"，我脑海里就出现一大片蔓状丛生互相攀缘的常绿叶子，和一大蓬拉拉扯扯牵牵挂挂如烟似雾的松萝，不仅能起遮蔽的作用，还正好给女神披一片带一片。又比如《九章·哀郢》里，"望长楸而太息兮，涕淫淫其若霰"，我就仿佛看见楸树上每一簇叶子都垂下几条细豇豆一样的丝线，一把鼻涕一把泪的，整棵树都哭得很愁惨，所以屈原才会与它相对垂泪。

不过，另一方面，我对屈原的恶草恶木却不大能产生恶感。比如《离骚》里，"何昔日之芳草兮，今直为此萧艾也？""萧"么，就是牛尾蒿。"艾"么，就是五月艾。都很常见，但都不恶，我家至今每到端午节那天都还要在门口挂上一捆艾草，据说可以驱疾辟邪，怎么屈原就那么不喜欢呢？

提到屈原与花卉，我想起《梅庵琴谱》中有一支琴曲叫《搔首问天》，也叫《水仙操》，其节奏抑扬顿挫，其神韵咨嗟浩叹。古人有把作品安在德高望劭者头上的作法，此曲刻画的主角正是屈原，著作权自然也就名正言顺地让给了屈原，正如把琴曲《神人畅》的作者指认为法度清明的尧帝一样。古代表达忧愁的琴曲叫"操"，有不得志时独善其身的意思。这支《水仙操》曲名，很容易使人联想到水仙花在希腊神话故事中的隐喻：美男子那喀索斯因迷恋自己留在水中的倒影，走不出自己的眼睛，而最终变成了一株水仙花。

我读《离骚》，萧艾并黜，兰桂齐芳，好像百草园一样馥郁绚烂。但这些香草香花，都是美人佩戴了来，作为其美德的外在符号。《离骚》里反复写道：

> 纷吾既有此内美兮，又重之以修能。扈江离与辟芷兮，纫秋兰以为佩。
>
> 揽木根以结茝兮，贯薜荔之落蕊。矫菌桂以纫蕙兮，索胡绳之纚纚。
>
> 制芰荷以为衣兮，集芙蓉以为裳。不吾知其亦已兮，苟余情其信芳。
>
> 高余冠之岌岌兮，长余佩之陆离。芳与泽其杂糅兮，唯昭质其犹未亏。

这一套符号系统，对往后的中国文学影响极大。但是，在我看来，屈原尤为重大的贡献，是给中华语言大大地增添了光彩，赋予了色泽。也就是说，屈原极大地丰富了汉语诗歌的辞藻，而这些何尝不是让后来的诗人文人俯拾即是的花花草草呢？"羌声色之娱人，观者憺兮忘归。"刘勰的《文心雕龙·辩骚》篇，特别肯定了屈原的文采给后人的深远影响：

> 故其叙情怨，则郁伊而易感；述离居，则怆怏而难怀；论山水，则循声而得貌；言节候，则披文而见时。枚、贾追风以入丽，马、扬沿波而得奇，其衣被词人，非一

代也。故才高者苑其鸿裁，中巧者猎其艳辞，吟讽者衔
其山川，童蒙者拾其香草。

喜欢《楚辞》的人，都会觉得其中的山水描写比《诗经》里铺
张细致得多，其中的草木也比《诗经》显得丰富。据《楚辞植物图鉴》
的作者说，黄河流域的人比较实际，所以《诗经》里粮食蔬菜出现
得很多。长江流域的人们喜爱梦想，所以《楚辞》里植物往往华美
芳馨但不切实用。《楚辞》，尤其是《离骚》的宏大体裁，启发了
后来的辞赋作家，但最让两千年来文人和诗家享用不尽的，是其中
富艳的辞藻。东汉王逸的《离骚经序》说："屈原之词，诚博远矣。
自终没以来，名儒博达之士着造词赋，莫不拟则其仪表，祖式其模范，
取其要妙，窃其华藻，所谓金相玉质，百世无匹，名垂罔极，永不
刊灭者矣。"这些"窃其华藻"的作者，从李贺到龚自珍再到鲁迅，
代不乏人。鲁迅借用楚骚最典型的诗句是《湘灵歌》："高丘寂寞
竦中夜，芳荃零落无余春。"

《离骚》里的美人也属于象征，我认为是作者用以自况，而不
是来比楚怀王。比如：

日月忽其不淹兮，春与秋其代序。唯草木之零落兮，
恐美人之迟暮。

时暧暧其将罢兮，结幽兰而延伫。世溷浊而不分兮，
好蔽美而嫉妒。

保厥美以骄傲兮，日康娱以淫游。虽信美而无礼兮，
来违弃而改求。

　　两美其必合兮，孰信修而慕之？思九州之博大兮，岂唯是其有女？

　　勉远逝而无狐疑兮，孰求美而释女？何所独无芳草兮，尔何怀乎故宇？

　　《离骚》有一个完整的比喻系统。作者自比为美人，以婚约比君臣遇合，以毁约比遭楚王抛弃，以众女嫉妒美人比宵小嫉妒贤人。但整篇《离骚》让我困惑的，是其中"求女"的情节。在向重华陈辞，叩帝阍不应之后，作者先后求高丘之宓妃、有娀之佚女和有虞之二姚："吾令丰隆乘云兮，求宓妃之所在。""望瑶台之偃蹇兮，见有娀氏之佚女。""及少康之未家兮，留有虞之二姚。"这三次"求女"——有人说是五次，因为前文还有"哀高丘之无女"，说明也已经求过，加上叩帝阍是为了求天女——后人解释多种多样。王逸说是追求贤臣，朱熹说是追求贤君，还有人说是因为宠妃郑袖迷惑了楚怀王，所以要替怀王来追求贤妃。我觉得这些都不合常理，特别是追求贤妃，等于做了怀王的良媒，却还要再找良媒替自己沟通传达，这不是层层转包吗？我觉得还是现代人的解释虽然虚一点，但比较容易接受。譬如有人说是追求理想，又有人说是追求知音。解释成追求理想会有一个问题，假若宓妃"保厥美以骄傲"，"虽信美而无礼"，岂不是说屈原的理想变质了么？而且理想的追求为何"自适而不可"呢？屈原的理想一直在那儿，一直没有变。所以我觉得还是以追求知音来解释比较贴切。整个《离骚》，屈原没有一个同志和战友，只有一个姐姐女媭，也不能理解和接受自己。屈原孤独的驰骛，就像鲁迅寂寞的驱驰，都有急切的寻找知音和伴侣的需要。

但最残酷的现实是，他们因为走得太远，注定无法摆脱孤独与寂寞的宿命。

相比于《诗经》的温柔敦厚，《楚辞》尤其是《离骚》真是哀怨愤激，"劲直而多怼，峭急而多露"。屈子之心，缱绻于中，对人民，对君王，对故都，对旧乡，一往情深，令人动容。司马迁的《屈原列传》给了《离骚》最高的评价：

> 其文约，其辞微，其志洁，其行廉。其称文小而其指极大，举类迩而见义远。其志洁，故其称物芳；其行廉，故死而不容。自疏濯淖污泥之中，蝉蜕于浊秽，以浮游尘埃之外，不获世之滋垢，皭然泥而不滓者也。推此志也，虽与日月争光可也。

可见，《离骚》的忠君忧国之心，是以香草美人为外在表现形式的。志洁所以有香草，德高才能称美人。

但是，我也不得不感慨，怀瑾握瑜的屈原在无尽的怛悼惨戚中怀石投江，从此楚国少了一个"入则与王图议国事以出号令，出则接遇宾客应对诸侯"的良臣，世界上却多了一个伟大的诗人。然而，我似乎能听见太史公借渔夫之口道出的，对屈原之死的痛惜与责备：

> 夫圣人者，不凝滞于物而能与世推移。

屈原因为太过于专注个人的志洁德高，不能与现实相对妥协，而枉费了一身经世治国之才。中国历史上向来不缺少"文死谏，武死战"之硬汉，旧小说中对此就有不少争议。《好逑传》第一回写道："为臣尽忠，虽是正道，然也要有些权术，上可以悟主，下可以全身，方见才干。若一味耿直，不知忌讳，不但事不能济，每每触主之怒，成君之过，至于杀身，虽忠何用？"李清园的《歧路灯》第九回里柏老爷也说："人臣进谏，原是要君上无过。若是任意激烈起来，只管自己为刚直名臣，却添人君以愎谏之名，于心安乎不安？"不过都不如《红楼梦》第三十六回中的贾宝玉表达得爽快透彻：

> 人谁不死，只要死得好。那些个须眉浊物，只知道文死谏，武死战，这二死是大丈夫死名死节。竟何如不死的好！必定有昏君他方谏，他只顾邀名，猛拼一死，将来弃君于何地！必定有刀兵他方战，猛拼一死，他只顾图汗马之名，将来弃国于何地！所以这皆非正死。

诗人的自杀为其蒙上了一层浪漫主义的黑纱，说得再残酷一点，在那君王昏聩佞臣当道的大环境里，屈原却在用殉情的方式，通过自我毁灭，向天地，向楚王，也向后人宣示了个体生命的尊严。钦佩之余怎不叫人扼腕？两千多年来，只要经过湘水沉渊处，无人不一掬同情之泪，但有多少人会像贾宝玉一样发问，屈原是不是"正死"？知不知"天命"？

孔子曰："五十而知天命。"逢鲁之乱那年，孔子五十六岁，"辙环天下，卒老于行"，周游列国十四年，却不用于世。折返鲁国，仍不得用，从此便不复求仕了。于是删《诗》、定《书》、论《礼》、注《易》、作《春秋》，直到六经之道粲然大备，于七十三岁死去。

他知道自己的天命何在。

那么，屈原呢？我们不能因为他留给我们这样一部百世无匹的《离骚》而感谢他的殉国，只能在时空的这头嗟叹：天命如此，屈原注定是一个纯粹的诗人。

2011 年 8 月 22 日

做一只充满细节的蜗牛

一千零一夜

记 2012 年 3 月 6 日杭州"丝绸之路"音乐会

我迷上那个印度鼓手达斯了，
你看见了吗，他的双手沾满了颜色？

——我一直在注意的是深渊。
他掘出一个又一个浑圆、向下的黑夜，
我多想滑下去，滑下去，把自己淹死。

看看那沉默的伊朗人吧，
低着头多忧郁！他任意摆布着鲁特琴，
仿佛命运在任意摆布着他。

——你是说那个席地而坐的贾赫尔吗？

216

他失去了上帝指向的隐喻之地。
为了寻找，他把自己变成了盲人。

天哪，我不能忍受那竹管的哭泣！
它吹破了夜，故乡变得遥不可及。

——那叫尺八。
听说管子深处住着一位唐人，
披头散发，落拓不羁，是诗仙也是酒狂。

哦他叫什么，最边上，击大鼓的高个儿，
风流倜傥！约瑟？马克？还是肖恩？
瞧他嚎头嚎脑的样子，简直像个坏人！

——据不可靠消息，他来自爱琴海，
最擅长兴风作浪，专门制造别致的战争：
黑珍珠、蓝宝石，豪夺、嫉妒与恐惧。

有了她，地狱也别想安宁！

你猜那女人的亡灵能迷住卡隆特吗？
看来她是个急性子的泼辣货。

——西班牙女人总是会有办法的。
别忘了她会吹苏格兰风笛，冥河摆渡人
有多久没有听到过这样如火的歌子了！

大提琴是命运的旁白，尽说着
无情的公道话。小提琴是快乐的单身汉，
只负责带来风景。我欢喜的是《燕子》，
《燕子》，它歌唱爱情！

——那是一支唱给过去的歌，
谁有过去就唱给谁听。至于爱情，
爱情就是过去认为是那样，
现在认为是这样的东西啊！

乐队指挥

起初一片寂静
是突兀的小号，这鲁莽的醉汉
刺破了听觉的现实。
一个虚构的世界，一扇虚拟的门，
就这样被开启。
"欢迎观摩我的日常生活！"
那指挥这样说。

我不能否认对他背影的向往，
当一个人的寂静
成为能与众人分享的表演，
如同一个意象，一支歌，

一边书写，一边被自己的身体朗读着。
"而且没有人会说我是疯子！"
这疯子这样说。

乐音在乐手们的眼睛里，
而眼睛的线，牵于他的掌心。
有时缕缕分明如淌水的衣裳，
有时缓缓蠕动似不安的触角，
有时又拧成一团愤怒的风暴，
掷向远方！
这线条的暴发户，声音的上帝，
一把一把，挥霍着灵动的光芒，
黑夜中，宝石在飞扬。又好像

虔诚的渔夫，摊开又合拢的网，
"这流动的手掌难道真的握住过什么？"
人群散去后，他这样想。

寂静的声音

我被托举于时间的微尘如充盈于水的纸片飘浮于流动着
  的静止之波
时间交汇出坚硬与柔软的合鸣成细密如发的纤丝往复循
  环地拉锯着循环往复的自己
我用心倾听着时间在倾听着我的心灵
那是黑色纤维编织无边的布匹被丝丝抽离的夜色发出持
  续不绝的寂灭的声音
直到黎明裸露出世界苍白的里子覆盖万物黑色的躯体

烛

黑暗的子宫。混沌之母腹中橙色的信仰。
一个双手合十的小孩。诵经的口唇。
苍茫背景下可移动的中心。

沸腾的水滴。风的热骨骼。一张因哭泣
而扭曲的脸庞。凡·高之花的阴郁意象。
一种被点燃的黑暗，向上开放。

温暖是必然的，值得探究的是同时到来的怜悯，
而熄灭它，则必须承受一种抽搐的凄凉。

川流

没什么可重复了
我的思考
已很难局限于一个具体的事物中
就像我站在街头
面对川流不息的车水马龙
看到的是一条尘世的河流

如果我曾向你微笑，或挥手
在或远的彼岸，或近的身旁
或在你心中留下翻涌如浪花
我也终将因你的淹没而淹没

如果你感到我现在的叙述像一首诗
那么就将它记在心间吧
因为河流正在不明去向
而我也正在去向那不明去向的方向
淹没在你被淹没的记忆中

何必担忧，我只是在叙述时间
叙述在永恒的人世间持续流逝的时间
那于你于我的永恒，或相同

黑色是最彻底的奢华

黑色是最彻底的奢华，
就像沉默是最深的呼喊。

流水观澜记

江弱水

1

《流水》是诗人舒羽的第一本随笔集，却令我想到 E.B. 怀特，一位一生写了一千三百多篇随笔的美国作家。为什么呢？因为怀特永远用清新的眼光看一切事物，从城市花园里的老柳、新孵出来的鹅蛋、像当差跑腿小男孩的铁路、《麻省禽鸟谱》和《美国宪法》，都能发现令人愉悦的殊异之处。"我一生的主题是贯穿着欣悦的复杂（complexity-through-joy）。"怀特说，"很久以前我就发现，日常细物、家庭琐事、贴近生活的种种碎屑，是我唯一能带着一点圣洁与优雅所做的创造性工作。"

舒羽也是这样，把世界看成一个好玩的去处，把人生看作一大串葡萄，流转着光泽，孕育着酸与甜的佳酿。从富春江的清水螺蛳，到卢浮宫的胜利女神；从一部摔断腿才能看完的普鲁斯特，到一只充满细节的蜗牛，她都津津有味地慢品细赏。所以这本《流水》，大欢喜，小快活，一以贯之。"我最喜欢她弹到高兴的时候放开两只手敲打琴面的机灵样儿，像一只悬空轮翅的小麻雀，又像骑自行车时的双放手，好的不只是技术，还有心情。"《流水》的每一页上，都有着作者鲜亮的好心情。虽然她说自己的性格具有双重性，一半阴郁一半光明，这本书的主色调却是暖红和灿蓝。

在最后的一篇演讲中，作者说，写作让人变得更加明亮，超越身份，僭越年龄，跨越时空。这是实话实说。比如《马友友的天方夜弹》里有一位乐手，"最边上一个瘦高个打排鼓的，穿着一身笔挺的衬衫西裤，让我喜欢得不知如何是好，甚至想，假如是我的儿子就好了！回头一想，又一笑，他未必就比我小呢。"真是不按常理出牌。书中常见这类僭越年龄、超越身份的奇情异想、偏锋险招，最极端的是她写给奶奶的《离歌》中的两行诗：

来世让我做你的祖母，将你绕在我的膝下，
我将把一生的美好都镌印在你少女的额上！

何止没大没小，简直无法无天，但却至情至性，是人类情感表达的一次成功逆袭。余光中读了《父亲四记》，说"好笑到濒于'不孝'的程度"，"不孝"加了引号，因为谁都能从字里行间感受到那份深情。

舒羽笔下的父亲形象，可入中国文学的无双谱。我们都读过朱

自清的《背影》,短短千把字,泪落了四回,那种感动确实有点 out 了。舒羽也写了父亲的背影:

> 只见父亲扛起一大捆渔网,涉水而行,半截身体慢慢地漂过岸去。白色衬衣如同荇菜一般浮游在水中,而水流湍急,一股一股在父亲腰部形成瞬间解散的小水涡。
>
> 从那头返回这头,父亲在两岸各打下坚实的地桩,用渔网将小河拦腰截断后,又腰望天,夕阳下伫立,脸上一副有杀错有放过的斩决。整个过程除了风声、水声与风水交织的声音,并无其他语言发生。(《打鱼记》)

"并无其他语言发生",也并无朱自清式"晶莹的泪光"出现,但这组《父亲四记》,这位斗鸡走狗,赏花阅柳,兴趣转移快得像黑瞎子掰棒子,又像日本人换首相的父亲,可以给承平之世做代言。假如给王安石看到,准会大加褒奖呢:"愿为五陵轻薄儿,生在贞观开元时,斗鸡走狗过一世,天地兴亡两不知。"女儿没有写出这位二十四岁就做厂长的父亲半辈子的坎坷辛酸。为什么不写?叵是,为什么要写?难道不清楚"欢愉之辞难工,而穷苦之言易好"?干嘛我们一定要放下这张脸来,非痛苦的深刻不能感动?会不会,这是一种病?

2

《流水》的作者有一种常识的健康。"普鲁斯特是最健全的人,没有丝毫癔病的迹象。"评论家雷维尔这样说。因为普鲁斯特从不狂热和极端，不会哭泣和信仰，不会突然热衷于瑜伽或禅宗、广义相对论或道德重整教派。从《普鲁斯特三题》可知，舒羽像吸毒一样不可救药地爱上普鲁斯特，因为这位有着一双神经质的鱼眼——爱德蒙·威尔逊说是苍蝇的复眼——的精神贵族，成年累月因哮喘病躺在床上，却仅凭马达强劲的想象力就忙活了半辈子，仅凭爱与文字就营造出一整座花园——

> 它天然吸附着一切美好、醉人的因素。它让生活中一切所感、所念，像执于圣人之手的花洒一般，喷出一粒粒紧致的水珠，向着心中的秘密花园。所有的字符也都张开了透明的翅膀，着了魔似的向它敞开着，低诉着。透过这些恍惚不定的细密如雨的文字，爱意被层层加深了，而这种爱，像雨后在屋顶上散步的鸡雏沐浴到金光一样，焕然一新。（《普鲁斯特的咒语》）

是普鲁斯特让她开了窍：文学原来可以这么弄！"我是一个鬼灵精怪的小混混。普鲁斯特是我的语言钥匙，一开一个激灵。"她说。普鲁斯特看上去就像是即兴写作，真会扯，扯起来没边，信天游。"作者一旦动笔，便欲罢不能，词句如泉涌出，四溢开来，层出不穷，洋洋洒洒，不可收拾。"这是雷维尔描述的普鲁斯特，可比照舒羽念念不忘的苏东坡的《文说》："吾文如万斛泉源，不择地而出，在平地滔滔汩汩，虽一日千里无难。及其与山石曲折，随物赋形，而不可知也。"

对于舒羽来说，文章就是编织思绪，想着都是乱的，织起来才知道头绪在哪里。而且越是没头没绪越好，着手编织起来，真是一桩奇妙而愉快的事。素材簇拥着她，她只管跟着感觉走，如意挥洒，随兴穿插。"神而明之，小以成小，大以成大，虽山川、丘陵、草木、鸟兽，裕如也。"当然，正像《追忆逝水年华》看似漶漫无际，其实结构纤细得就好比十二音体系的音乐，舒羽的《流水》也会扯，但是学音乐出身的她，有着绝佳的自觉意识与掌控能力，兜兜转转，总能兜转回来，再划出一个泠然的休止符。她清楚苏东坡《文说》后面还有一句话："所可知者，常行于所当行，常止于不可不止，如是而已矣。"

舒羽最佩服的是普鲁斯特捕捉虚无的能力，她自己也有这种能力。"我和他一样坚信，那虚空中的确存在着一些可以被我们固定下来的东西。"如果说朱自清追忆两年前的场景，他笔下父亲的背影才那么清晰，那么，舒羽的《父亲四记》有些是三十年前的旧事，却一样逼真到如在目前：父亲的白衬衣荇菜一样浮游在水中，而水流一股一股在他腰部形成瞬间解散的小水涡；鸟儿远远地飞过来，忐忐忑忑地在相邻的几根树枝间跳跃，从枝干儿晃动的幅度判断自身的安全性。非经想象再造，怎么能精确还原到这个份上！

而在《马友友的天方夜弹》中，我们更能领略到作者"课虚无以责有"的惊人能量。这是一篇大散文，像苹果产品一样凝聚了我们这个时代众多的尖端技术，因为它难度极高，写的竟然是音乐，而正如作者所说的，"用文字去巩固音乐，犹如用鞭子去抽打空气"，这是一场还没有开打就已经输定的战争。为什么中国历代写音乐的名篇少得可怜，原因在此。汉唐乐赋之外，诗歌只有白居易《琵琶行》、韩愈《听颖师弹琴》、李贺《李凭箜篌引》等数首，小说中为人乐道的仅有《老残游记》中白妞说书一节。胜例罕见，可作者调动了全部的感官力量和语言手段，成功地再现了一场盛大的"丝绸之路"音乐会。

这是文字对音乐展开的绝地大反攻。六千字，五部分，第一部分是缓缓的引子，第二部分欲扬先抑，写马友友在杭州的演奏给人的失望，第三、第四部分，主体写上海的演奏，偶尔补叙杭州，第五部分虽短，却余韵深长地作结。作者用了三分之二以上的篇幅，绘声绘色地描述了马友友和伊朗琴手、印度鼓手、西班牙女风笛手，以及几个帮闲乐手的辉煌演奏，涉及大提琴、鲁特琴、塔布拉鼓、风笛、尺八、琵琶和笙。一副笔墨，两处穿梭，在上海的主场与杭州的客场之间勾皴点染，其间又旁逸斜出着聂鲁达的《马楚·比楚之巅》、瞿小松的《音乐笔记》、但丁的《神曲》、卞之琳的《尺八》、阿巴斯的电影和巴萨的足球。不必复述马友友和贾赫尔那场幻影三重奏《嘎西达》的兴会淋漓了，以下单表西班牙女风笛手的一曲劲爆的《卡隆特》——

这女人一出场我就知道，卡隆特完了。那天她穿着一身长长的红色连衣裙，那么鲜，那么艳，是斗牛士手中的红布的那一种红。她怀抱一只风笛，像怀揣着一只乳香四溢的小马驹，就着马驹她直腰一吹，身体就向后倒了下去，倒得那么低，好像等着谁去扶。一个高亢到极点又扭曲到极点的声音就这样被她吹了出来，这是一个放浪到妖魔化了的声音，凌空扭动腰肢，空气中编织着多少不安分的绮思。再配上西班牙女郎特有的身段，鄙夷的眼神，探戈的步子，幽灵的气息，哪怕是一只老鼠也一定会被这只猫吸引的。真真歌有裂石之音，舞有天魔之态。尼德兰谚语中说，像这样的红衣悍妇，就算独闯地狱也不会受到伤害。这一次，我信了。

五色相宣的修辞，八音齐奏的乐器，百转千回的联想流、直觉流、体验流和意识流。你看那吹尺八的梅崎康次郎："他抽搐着身体，眼看着把一根笔直的竹管也吹成了弯曲的形状，听的人心里一酸，看哪儿都是凄怆的异乡，而且欲归无路，欲归无期。"再看那吹笙的吴彤："怎么可能摇滚？能，无限的可能。他和印度鼓手达斯，一个摇唇鼓舌地吹，一个指手画脚地打，吹吹，打打，情往似赠，兴来如答……"当乐音消逝了，作者憋气凝神，收视反听，活生生地将瞬息变幻的光影声色抓住，并摁在了纸上。

3

《孟子·尽心上》曰："观水有术，必观其澜。"又说："流水之为物也，不盈科不行。"舒羽在《接一个有思想的吻》中写到一位钢琴家："他一旦沉浸于黑白起伏的琴键，身体便会掀起一阵阵那种唯有水流至深时才能自然形成的孟浪。"读《流水》，我们能感觉到这一阵阵孟浪，通过那明净或华彩的语言。因为只有语言，才是思绪和情感演漾出来的波澜。

余光中在序中盛赞舒羽的文字放得开："举凡白话、文言、方言、成语、旧小说语言，甚至当前的名言等等，她都冶于一炉，结果语境非常多元而且富于弹性，乃形成她不拘常法的口吻。"的确，《流水》各篇，大抵意新而语工，得前人所未道。上文所引的几个片段中，"有杀错冇放过"是粤语方言，"摇唇鼓舌"、"指手画脚"是成语的反语正用，"歌有裂石之音，舞有天魔之态"是《红楼梦》第十八回龄官唱戏时的赞语，紧接着又追补一句尼德兰谚语，那种多元和弹性已展露无遗。

但余光中没有提到的是，《流水》里的语言，最华彩的地方往往是用长而且韧的欧化语打底子的，比如她写卢浮宫里的胜利女神——

　　她正面迎你，立于微翘的船头。右腿在前，臀部随毅后的左腿而略倚向左，从腿部肌肉饱满的线条，以及胸部凹凸有致的轮廓，你能清晰地感到她身体的重量如何均匀地囤蓄于此，囤蓄于这一副强有力但又不失女性柔美的下肢中，也正是这一完美的站姿，令女神巍然傲立了千年。

　　最令我心折的是女神的衣裳被海浪浸湿又被海风吹动的细节。双乳撑起了观者坚挺的性别意识，而衣裳 S 形的褶皱，以及顺致而下的沉坠线条，在不断地呼应有形物质与无形要素之间的绝对统一。那水与风与肌肤之间薄薄的透明感，甚至能让你感到女神潮湿的腹部透过冰凉的大理石，尚在呼吸。

肌理绵密，思路缜密，表达周密，这是优质的现代汉语，就像丝绸。前不久舒羽陪同阿拉伯大诗人阿多尼斯逛杭州的丝绸城，只听在巴黎生活多年的阿多尼斯善颂善祷，夸奖她说："在这个腈纶和尼龙的世界，你属于丝绸。"读《流水》，也常常会感觉文如其人，作者染织语言的功夫十分了得。

舒羽说，对于今天的写作者，优秀的翻译体简直是福音。当然，纯粹的白话口语，口角儿很剪断的那种，她一样能着手成春。下面这一句就很典型，会令翻译家束手的："他家的书，多，实在是多，比我想象的还要多，而且多太多。"（《外双溪的白菜，老吕的书》）所以敬文东会说《流水》是"语言的轻度狂欢"，的确到位。语言的狂欢来自心态的丰裕和放松，所以才能舌锋所及，人皆妙人；笔锋所至，法无定法。读《流水》，你不断会发现里面有些鬼话，或者至少不是人话，让你脑筋一时转不过弯来，而一跤跌到逻辑外：

> 比姐姐小五岁的我和比我大五岁的姐姐，两姐妹加起来还不到十五岁，但欢畅的笑声比江水更清澈。（《只牛一个好》）
>
> 瑞士就连时间也比中国慢上七个小时，慢到连死都要活活等上一辈子，因为联邦宪法禁止死刑。（《瑞士那个慢》）
>
> 鲍贝总是喜欢到她不喜欢去的咖啡馆去喝咖啡。（《鲍贝宝贝，五线靠谱》）

波俏的口角，无厘头的妙。我们都看到《父亲四记》中损父亲损得有趣，其实作者也雅善自嘲：

> 最重要的是，我用打遍整条巷子无敌手的五子棋的辉煌战绩，斩获了隔壁金氏兄弟家所有我看得上的邮票，并在此结束了我飞扬跋扈又懵懂无知的短发生涯，学会了无故寻愁觅恨，有时搔首弄姿。（《石明弄26号》）

最后一句，显然套用了《红楼梦》第三回上写贾宝玉的《西江月》词。这就要谈到舒羽式语言编码的一个公开的秘本了。

读罢《流水》，大家定然有一个印象：这是从沁芳闸里流出来的，上面还漂着黛玉的花篮里撒落的花瓣儿。对舒羽来说，大观园里，人是亲人，事是家事。所以，她写自己到了铭传大学的红学教室，面对一张红楼梦人物关系图，只觉满眼都是她的七大姑八大姨。从小到大翻烂了好几套，于是《红楼梦》成了她最重要的话语与想象资源，是她兜里揣着的一张银行卡，哪怕能付现金，她也忍不住要刷卡：买一根潍坊大萝卜，也要学薛蟠来比划：是这么粗、这么长脆生生的鲜萝卜（第二十六回）。望见白玉兰从树端哗啦一下铺散开去，"像拿了白孔雀毛拈了银线织的大裘"，又接了晴雯补雀金裘的活儿（第五十二回）。看到一件宝蓝色的箭袖对襟衫古装，立马想到贾宝玉出场就穿着"一件二色金百蝶穿花大红箭袖"（第三回）。连跟父亲吹嘘自己如何轻松就考到了驾照，"扯篷拉纤，不一而足"，也露出王熙凤的口风（第十五回）。至于在《冬季到台北来看人》里每一篇都故意或明或暗地设置了《红楼梦》的密码，那就像《父亲四记》里每一篇都用里尔克《秋天》里同一句诗来提点高潮一样，不是卖弄，是好玩。《红楼梦》与现代诗是作者的两大必杀技，时不时就要玩一玩。

4

一谈起现代女作家，绕不过的话题总是张爱玲。这是个梦魇，宿命地缠绕着所有的"她"。好在眼前这个场合，还真是有话可说。

若说《流水》的文笔旁通《追忆逝水年华》的普鲁斯特，远绍《红楼梦》的曹雪芹，那么最近的师承便是《金锁记》的张爱玲了。张爱玲显然是舒羽的嫡亲姑奶奶，都是从荣宁二府一脉下来的。张爱玲的小说散文是大观园语加上海话的杂交，舒羽则是杂入了杭州话。而且杭州话从北宋汴梁南渡后，儿化音本来就多，更容易与王熙凤的话语打成一片。所以当她这么说，"淮安的软兜虽软，却瓷实得紧哪！扑扑满的一碗儿，精黄黄的条杆儿"，便伶牙俐齿的格外好听。

作者的心里老是有一个张爱玲。她看见阳台下的柳树，马上想到张爱玲的姑姑说的话，"可不能再长高了。"而那件宝蓝色的箭袖对襟衫，一般人穿不得，"不过要是张爱玲在，怕是要请店家取下来给她试穿一回。"怎么就想到张爱玲？因为张爱玲写过《更衣记》，而且是奇装异服惯了的。

这是挑明了说的，还有更多更隐秘的联系。《外双溪的白菜，老吕的书》中，舒羽写道：

> 师母怨气再多，又怎么多得过这墙上地下不断蔓生滋长的新书和旧书以及不新不旧的书啊书？见她拱着双

手，眼中放出辽远的目光，好似股市崩盘一般，我也就
不大敢再问下去了，只听见她幽幽地说……

再看张爱玲的《金锁记》临末，女儿长安被母亲曹七巧轻轻一
句话毁掉了爱的希望，生命崩盘了：

> 长安静静地跟在他后面送了出来，她的藏青长袖旗
> 袍上有着淡黄的雏菊。她两手交握着，脸上显出稀有的
> 柔和。世舫回过身来道：姜小姐……

"她拱着双手，眼中放出辽远的目光"，"她两手交握着，脸上
显出稀有的柔和"，都写出崩盘后的恍惚、"没有能力干涉"的无奈
和恨意过了头的超然。这惊人的一致说明舒羽在刻意摹仿张爱玲么？
没那回事吧，不过是《金锁记》熟到入骨，熟到还魂而已。

再举一个例子。舒羽说她一读到《女儿经》开篇六个字——

> 眼前就立刻出现了一位面目森严的老婆子，她笔笔
> 挺地钉在地上，压暗了屋内的光线，连猫儿狗儿都暂停
> 了嬉戏，耸着瘦肩，诡诡异异地缩在阴影里。

这不是曹七巧又是谁？请看——

> 长白突然手按着桌子站了起来。世舫回过头去，
> 只见门口背着光立着一个小身材的老太太，脸看不清

楚……一级一级上去，通入没有光的所在。

所有的元素都在，只不过把儿子长白换成了猫儿狗儿。当然，这猫儿狗儿又是从《红楼梦》里出来的。秦可卿嘱咐小丫头们好生看着猫儿狗儿打架，柳湘莲说宁国府里只怕猫儿狗儿都不干净。

在细节的把握上，舒羽也有张爱玲式的精准，往往一笔就能摄入事物的神理。"实在吃烦了，就晒成鱼儿干，泼出去，阳台上一片细碎的银光。"（《打鱼记》）"也有很少那么几次，父亲独自去打鸟，这晚的餐桌上就会多出一盘细胳膊细腿的野味。"（《猎鸟记》）"细细的一盘上来，甚至有一种小户人家的寡淡和清寒。"（《螺蛳青》）鱼干、野鸟、螺蛳，几个"细"字都用得极好，而"小户人家的寡淡和清寒"，也神似张爱玲的市井的感性。

张爱玲听不懂绍兴戏"借银灯"，但酷爱这风韵天然的题目，便借来写了篇文章。舒羽看见扬州个园边的"花局里"，也觉得名字绮丽，想移用作自己的书名。讲到书名，《流水》的作者潜意识里怕也有《流言》在作祟。《流言》从英文 written on water 来，写在水上，自然成文，可以给《流水》做注。这也是旨趣上的相通相应吧，因为她们的世界都是有声有色有味的。"她就是这样，总觉得对这世界爱之不尽。"胡兰成这样说张爱玲。又说她的文章有一种古典的，同时又有一种热带的新鲜的气息，一种生之泼剌。舒羽不也是这样么？

然而，张爱玲是冷而艳，她孤寒的甚至有点毒的成分是舒羽没有的，后者看待世界的眼光更清新，更温婉，更兴奋，因为她没什么深黑的历史负重。时代的气候和家族的氛围如何造就一个人，比较她俩怎么写父亲母亲，就一清二楚了。生活的形态不同，想必会影响到写作的心态吧。张爱玲说她写文章很慢很吃力，舒羽却是很快很放松。大约因为张爱玲是绘画型的作者（她说"我不大喜欢音乐"），而舒羽是音乐型。她曾是专业级的弹筝高手。当指尖在繁弦上拂出流水似的音符，她打给这个世界的手势，美丽但不苍凉。

（原载《读书》2014 年第 9 期）

图书在版编目（ＣＩＰ）数据

做一只充满细节的蜗牛 / 舒羽著. — 杭州 ：浙江
文艺出版社，2015.8 (2017.3重印)
ISBN 978-7-5339-4243-4

Ⅰ. ①做… Ⅱ. ①舒… Ⅲ. ①散文集－中国－当代②
诗集－中国－当代 Ⅳ. ①I217.1

中国版本图书馆CIP数据核字(2015)第129471号

责任编辑　邓东山
装帧设计　蓝天工作室

做一只充满细节的蜗牛

舒羽　著

出版　浙江文艺出版社
地址　杭州市体育场路347号
邮编　310006
网址　www.zjwycbs.cn
经销　浙江省新华书店集团有限公司
印刷　杭州富春印务有限公司
开本　880毫米×1230毫米　1/32
字数　167千字
印张　7.75
印数　10001－15000
版次　2015年8月第1版　2017年3月第2次印刷
书号　ISBN 978-7-5339-4243-4
定价　39.00元